Günter Kunert

Gedichte

Auswahl von Franz Josef Görtz
Nachwort von Uwe Wittstock

Philipp Reclam jun. Stuttgart

Umschlagabbildung: Selbstporträt des Dichters, 1970.

Universal-Bibliothek Nr. 8380

Textnachweise siehe Seite 53 f.
Gesamtherstellung: Reclam, Ditzingen
Printed in Germany 1987
ISBN 3-15-008380-X

Über einige Davongekommene

Als der Mensch
unter den Trümmern
seines
bombardierten Hauses
hervorgezogen wurde,
schüttelte er sich
und sagte:
Nie wieder.

Jedenfalls nicht gleich.

Einige bleiben

Wenn es keine
Fliegen mehr gibt,
ziehen auch die
Spinnen fort.

Einige bleiben
und leben von Käfern
und verändern sich,
werden neue Wesen.

Aber ihre Masse
ist doch nicht mehr da,
und alle vergessen
sie.

Nur die Stubenecken,
die dunklen Winkel
erinnern sich
manchmal.

Traum von der Erneuerung

Einmal müssen im Fach ergraute
Stubenmaler den Himmel blau pinseln,
und hustende Tapezierer sollten
da und dort knittrige weiße Wölkchen
auf die leuchtende Fläche kleben.

Eines Tages könnten Polsterer
die Länder mit grünem Frühling,
mit buntem Sommer beziehen
und Straßenfeger und Schipper
Erde, Sand, steinige Vergangenheit
zusammenkehren, daraus Gebirge
zu häufen,
zum Atmen und Spielen.
Gebirge, die das hungrige
Fräulein Wollnäherin
mit dickem Moos und weichem
Schnee dann einstrickte.

Da würden auch die streikenden
Elektriker Strom geben
zum Leuchten der Sonne, des matten
Mondes und der Zwölf-Volt-Sterne.

Wasser könnte,
emporgepumpt von schwindsüchtigen
Kanalräumern,
glänzende Ströme, Meere, vergnügt
zwinkernde Seen und kindliche Teiche
sein.

Zu Rädern und Gabeln,
zu Angelhaken und Schreibfedern
schmölzen dann die Gitter der Höllen
die Gefangenen.

Einmal sollten die Straßenbahner
an den Äquator, über Längengrade
und über Breitengrade ihre Schienen
legen,
um mit vollem Wagen Berge, Süden, Osten,
Weiden und Wälder, Westen und Norden
klingelnd und singend
zu durchfahren.

Eines Tages müßte die Menschheit,
ihr krankes Bett verlassend,
geheilt umhergehen.

Der Herbst spielt

Durch den Wald Klavier.

Auf greisen Blättern, die er
Sacht zur Erde anschlägt.

Ein Stück vom Glauben an
Beständigkeit in tiefen Tönen.

Das Gedicht vom Mond

Wie Dein Gesicht im dunklen Zimmer,
So aufgelöst und fremd,
Hängt auch der Mond am schwarzen Himmel.

Hell sah ich ihn und weiß
Und hart geschliffen wie ein Stück Metall.

Am frühen blauen Nachmittag
Manchmal auch blaß und matt,
Als hätte ihn ein Kind gemalt
Mit schlechten Farben,
Doch voll Zärtlichkeit.

Die Sonne scheint. Aus den Fenstern

Des neuen Hauses schauen die Frauen
Auf spielende Kinder. Über den
Himmel fliegt ein Flugzeug, über
Die Gesichter zieht ein Schatten.
Sie erinnern sich.

Fünfter Entwurf:
Während der Mittagspause

Mir träumte, ich flöge über die Erde.
Ausgebreitet die Arme, segelte ich langsam
Dahin. Und größer – schien mir – war ich
Als eine Wolke. Ich war kein Habicht und
Keine Taube; ich war ein Mensch, und der
Konnt fliegen. Unter mir waren die grünen
Felder, die Wälder grün und Städte auch in
Ihren Farben. Die Leute liefen aus den Häusern
Die Köpfe im Genick, Gesicht zu mir, winkten
Und riefen: Endlich ist er gekommen!

Mit einem Lächeln um die trocknen Lippen
Erwachte ich in einer Ecke des Kesselhauses,
Und lächelnd immer noch erhob ich mich und
Ging zu der Turbine,
Lächelnd.

Von einem Freund

Der Traum bei Nacht, wenn Wind die Scheiben rüttelt,
Gilt ihm bei Tage nichts. Er bringt kein Geld.
Er bäckt kein Brot und dünget nicht sein Feld.
Was ihm nicht Nutzen bringt, wird abgeschüttelt.
Schön ist des Herbstes Laub. Der Freund weiß nur:
Es fällt.

Morgen kommt

Leer,
Ganz leer sind alle Straßen
An dem frühen, klaren Morgen.
Nur der erste Schein
Von unserm Himmel
Färbt die Fensterscheiben rosa
An den langen Häusermauern,
An den grauen Steinfassaden,
Gehe ich.
Aus deinen Armen, deinem Zimmer, aus
Der Tür und aus dem Hause.

So einst aus der Welt zu gehen,
Sacht vom warmen Blut durchronnen,
In die Kühle,
Wissend wohl gelebt zu haben.

Umgeben von Häusern

Hunderttausend Dächer decken unsern Rücken,
Hunderttausend Wände bergen unsern Leib
Vor der Kälte und dem Regen und den Blicken;
Bergen auch den Tod und auch den Zeitvertreib.

So viel Türen: keine davon führt ins Freie,
Hinter jeder ist nur immer wieder neuer Raum,
Darin Seufzen, Reden, Lachen, Stöhnen, Schreie,
Das vergeht wie droben weißer Wolkenschaum.

Menschen sind wir, viel und wenig gleichermaßen:
Unsre Städte hier sind unser Manifest.
Lest die Zeilen und die Sätze unsrer Straßen.
Lest, lest, lest! Und wenn ihr könnt, vergeßt.

Der ungebetene Gast

1 Stellt noch einen Stuhl an den Tisch.

2 Es ist ein Gast gekommen
(Aus der Gegend um Warschau dort)
Und hat am Tisch Platz genommen
Und sagte kein einziges Wort.

3 Füllet ihm ein Glas.

4 Die Füße mit Lappen umwunden,
Und die Augen haben gefehlt.
An der Kehle klaffende Wunden
Haben stumm seine Geschichte erzählt.

5 Was steht dem Gast zu Diensten?

6 Er schwieg gleich der dunklen Tiefe
Im allertiefsten Meer.
Dann hob er den Kopf, als riefe
Seinen Namen irgendwer.

7 Öffnet ihm die Tür.

8 So ist der Gast gegangen
Sacht wie ein Licht verlischt.
Sich doch zum Essen zwangen,
Denen man aufgetischt.

9 Wohl bekomm es.

10 Da schmeckten nach Asche die Bissen,
Und die Esser senkten den Blick;
Voreinander ihre Gewissen
Verbargen sie ohne Geschick.

11 So rückt doch den Stuhl wieder fort.

Wie ich ein Fisch wurde

1 Am 27. Mai um drei Uhr hoben sich aus ihren Betten
Die Flüsse der Erde, und sie breiteten sich aus
Über das belebte Land. Um sich zu retten
Liefen oder fuhren die Bewohner zu den Bergen raus.

2 Als nachdem die Flüsse furchtbar aufgestanden,
Schoben sich die Ozeane donnernd übern Strand,
Und sie schluckten alles das, was noch vorhanden,
Ohne Unterschied, und das war allerhand.

3 Eine Weile konnten wir noch auf dem Wasser schwimmen,
Doch dann sackte einer nach dem andern ab.
Manche sangen noch ein Lied, und ihre schrillen Stimmen
Folgten den Ertrinkenden ins nasse Grab.

4 Kurz bevor die letzten Kräfte mich verließen,
Fiel mir ein, was man mich einst gelehrt:
Nur wer sich verändert, den wird nicht verdrießen
Die Veränderung, die seine Welt erfährt.

5 Leben heißt: Sich ohne Ende wandeln.
Wer am Alten hängt, der wird nicht alt.
So entschloß ich mich, sofort zu handeln,
Und das Wasser schien mir nicht mehr kalt.

6 Meine Arme dehnten sich zu breiten Flossen,
Grüne Schuppen wuchsen auf mir ohne Hast;
Als das Wasser mir auch noch den Mund verschlossen,
War dem neuen Element ich angepaßt.

7 Lasse mich durch dunkle Tiefen träge gleiten,
Und ich spüre nichts von Wellen oder Wind,
Aber fürchte jetzt die Trockenheiten,
Und daß einst das Wasser wiederum verrinnt.

8 Denn aufs neue wieder Mensch zu werden,
Wenn man's lange Zeit nicht mehr gewesen ist,
Das ist schwer für unsereins auf Erden,
Weil das Menschsein sich zu leicht vergißt.

Wintertag

Der glasweiße Himmel wolkenlos. Greller als
Die dunstfreie Sonne: der
Schnee. Aus schwarzem Eisen scheinbar und
Verbognen Röhren die nackten Bäume, unbeholfen
Geformt. Die kleinste Brise
Bringt eisige Lähmung.

Hinter der frostgeblümten Scheibe
Des stillen Hauses (ein wenig Rauch steigt auf)
Zeigt sich undeutlich ein Gesicht.

Den dort
In der Abgeschiedenheit Wohnenden

Sieht im Vorbeifahren der Reisende mit
Neid; uneingedenk,
Daß spurlos gleich diesem Tage, gleich dem
Schnee und den Bäumen, vergehen wird, wer so
Einsam ist.

Laika

In einer Kugel aus Metall,
Dem besten, das wir besitzen,
Fliegt Tag für Tag ein toter Hund
Um unsre Erde
Als Warnung,
Daß so einmal kreisen könnte
Jahr für Jahr um die Sonne,
Beladen mit einer toten Menschheit,
Der Planet Erde,
Der beste, den wir besitzen.

Der Schatten

In Hiroshima zeigt man einen Brückenbogen,
Daran der Schatten eines Menschen ist.
Der diesen Schatten warf, der fehlt, und wißt:
Seitdem die Überbombe kam geflogen.

Sie barst. Und einer Sonne Hitzewogen
Verdampften jenen schnell und ohne Frist
Für Abschiedsworte, die die Welt vergißt,
Und von ihm blieb, was in den Stein gezogen.

Doch wer der Unbekannte einmal war,
Weiß keiner, denn in seiner Todesstunde
Starb ebenfalls die Stadt mit Haut und Haar.

Daß nicht gleich ihm wir gehen so zugrunde,
Spricht uns sein stummer Schatten von Gefahr:
Wir sind das Fleisch. Er ist die offne Wunde.

Ich bringe eine Botschaft

1 Ich bringe eine Botschaft,
Und die heißt: Keine Sicherheit. Der auf Frieden
Hofft wie auf das Stillestehen der Zeit,
Ist ein Narr. Wohl: Die Waffen ruhen
Ein wenig, und die Toten der letzten Schlachten
Ruhen ein wenig, doch
Die Lebenden ruhen nicht.

2 Der im stahltapezierten Felsenzimmer
Die Raketen richtet
Auf die Brust seines Kameraden drüben, auf
Dessen Mutter und Stadt und Feld und Land, muß
Wissen, daß
Auf der anderen Seite die gleichen Ziele
Anvisiert werden: Sicherheit
Findet sich im Nirgendwo. Nicht getroffen
Von dem alles verheerenden Schuß
Werden einzig die Generationen, die vorher
Ins Nichts sich begaben.

3 Mit bleichen Gesichtern
Durchblättern am frühen Morgen die Städter
In den rollenden Zügen die Zeitungen hastig:
Wie steht der Kampf
In den brennenden Dschungeln von Laos,
Auf der anderen Seite des Erdballs?
Mühselig buchstabierend lesen sie die Namen
Äußerst fremder Orte und Generäle, die

Sie gleichgültig ließen, ahnten sie nicht:
Ihnen
Erwächst Gefahr.

4 Durch die noch stillen Wälder ziehen sich
Panzergräben
Auf den Landkarten erst, doch wer durch die Wälder
Geht, spüret
Schon einen Hauch.

5 Tödlichem Gas gleich
Wallt über uns die Gewohnheit: wem es nichts
Ausmacht,
Mit einem Bein im Grabe zu stehen, wird bald
Mit beiden drin liegen.

6 Auf einem Vulkan läßt sich leben, besagt
Eine Inschrift im zerstörten Pompeji.

7 Und die Bürger der vom Meere geschluckten
Ortschaft Vineta
Bauten für ihr Geld Kirchen, deren Glocken
Noch heute mancher zu hören vermeint, statt
Einen schützenden Deich.

8 Der ich, ähnlich vielen, wenig
Neigung verspüre
Mein Dasein fortzuführen
Als unterseeisches Geläute, als mehr oder
Weniger klassische Inschrift,
Bringe nur eine kurze Botschaft: Keine Sicherheit
Heißt sie.

9 Solange die Zerstörung einträglicher ist
Denn Aufbauen, und
Solange
Nicht abgeschafft sind,

Derer die Einträglichkeit ist, solange
Wird vielleicht hin und wieder sein: Ein wenig
Ruhe. Sicherheit
Keine.

Sprüche

1 Nur Anhänger hat
Und keine Mitläufer
Einzig die Wahrheit.

2 Empfehlung
Sich nicht zu ducken:
Das Schiff liefe nicht vorwärts,
Stünde nicht aufrecht im Wind
Das Segel.

3 Als unnötigen Luxus
Herzustellen verbot, was die Leute
Lampen nennen,
König Tharsos von Xantos, der
Von Geburt
Blinde.

4 Das flüchtige Glück
Festgenommen auf frischer Tat
Und ausgeliefert an eine Macht,
Die über mich herrscht: An Dich.

5 In den Herzkammern der Echos
Sitzen Beamte. Jeder
Hilferuf hallt
Gestempelt zurück.

Film – verkehrt eingespannt

Als ich erwachte,
Erwachte ich im atemlosen Schwarz
Der Kiste. Ich hörte: Die Erde tat sich
Auf zu meinen Häupten. Erdschollen
Flogen flatternd zur Schaufel zurück.
Die teure Schachtel mit mir, dem teuren
Verblichenen, stieg schnell empor.
Der Deckel klappte hoch, und ich
Erhob mich und fühlte gleich: drei
Geschosse fuhren aus meiner Brust
In die Gewehre der Soldaten, die
Abmarschierten, schnappend
Aus der Luft ein Lied,
Im ruhig festen Tritt
Rückwärts.

Notizen in Kreide

1

Eingerichtet auf dem Gestirn
Unseres Schmerzes
Als Baracke. Aber fester denn jede Festung
Und dauernder. Ausgesetzt
Den bittersten Wettern. Ewiges Provisorium:
Ich.

2

Durchgangsstation
Für Gefühle Gedanken Geträum.
Nach kurzem Aufenthalt
Aufs immer Neue leer und verödet
Der Bahnhof meines angstvollen meines heillosen

Gebeins:
Aufgewirbelt
Sinken zurück auf den versteinten Grund
Die Ascheflocken einst lebendig und verwandt
Demselben
Der täglich meine Haut zu Märkten trägt
Und nicht fragt nach dem Preis.

3

Denen
Sechs Millionen Tote eine Zahl ist
Wie sechs Millionen Mark
Wie sechs Millionen Sterne
Wie sechs Millionen Konservenbüchsen
Die Immergleichen
Bekopfschütteln und verachselzucken
Jenen den mein Name
Entlarvt:

Der umherirrt
Zwischen allen die keiner begraben kann
Mit willfähriger Hand
Kein Handlanger dieses Planeten auf diesem
Planeten:

Weil dessen Kruste aus Vergessen
Noch zu dünn und
Zu lebendig die fleißigen Töter
Noch und wieder noch.

Geschichte

1

Leichter mal mal schwerer mal unerträglich:
Die währende Bürde.
Das allzeit fällige Urteil.

Was nie aufgeht ob wir uns multiplizieren oder
Uns reduzieren: die Rechnung. Aber immer
Präsentiert und präsent: Dir Ziffer mir Zahl.

2

Nagelt den Zeiger fest schlagt ihn
Ans Kreuz das hält nicht auf den Verlauf den Ablauf
Nur gerechtenfalls: den Zulauf.

3

Bei günstigem Licht dem anhaltend
Wechselnden und gunstvollem Aspekt läßt sie
Sich sehen: eine Kette
Scheu geschlängelt mal mal gestrafft
Schlangengleich unter sich erneuernden Häuten
Zwischen Maschine und Maschinisten: Einander
Oder Wer Wen halten sie fester als sie halten.

4

Die Revolution wo finden wir sie und wieder.
Unterm tückischen Marmor liegt siebenmal siebenfach
Sisyphos verdammt und unaufweckbar.
Lang lebe die unbesiegliche Inschrift.

5

Aber wahr ist das Ungeheuerliche: Polyphem
Vorgeblich überlistet noch furchtbarer in Blindheit
Indem seine Höhle sich hinstreckt ins Dunkel
Der Zukunft und dort ist kein Ausgang zu sehen.

6

Sie ist über den Völkern.
An einem Faden.
Ein damokleischer Schatten: Deutschland
Unaufhörliche Wolke zwiefach zwieträchtiger Form.

Dabei wir dabei
Ins Universalische zu wachsen und an einem Kabel
In den Kosmos zu hängen zu schaukeln und frei
Uns zu fühlen vor allem von Gravitation von Atemnot von
Gedanken: einschneidenden ätzenden verletzenden
Wie
Die dort unten die kleine bläuliche Kugel zerfurchten
Das alte Gesicht
Leidstarre Miene darin keine Wunde vernarben will:
Wir steigen wir fallen stets tiefer
Als möglich.

7

Geschichte sage ich und weiter noch: Wenig bleibt.
Glücklich wer am Ende mit leeren Händen dasteht
Denn aufrecht und unverstümmelt dasein ist alles.
Mehr ist nicht zu gewinnen.

8

Was dauert ist grau und unauffällig
Unter allen Tritten. Was die Opfer ohne Augen glauben
Und die Mörder ohne Ohren sich denken was doch wenn
Die Lebenden verstummen müssen laut redet:
Der Stein der Fels der Würfel der immer fällt
Und immer bleibt
Das ist das einzige und eine was ist.

Meine Sprache

1

Ich spreche im Slang aller Tage derer
Noch nicht Abend ist
In der verachteten und verbissenen der
Sprache die jedermann entspricht.

2

Diese
Von Erstellern entstellte die von Betreuern
Veruntreute von Durchführern früh schon
Verführte die
Mehr zur Lüge taugt denn zur Wahrheit
Ach welche
Unter der erstarrten Syntax sich regt
Wie unter Abfall wie unter Schutt wie
Unter Tonnen von Schlacke.

3

Sprache
Die mehr scheinen will als sein
Aufgebläht
Von sang- und klanglosen tingelnden
Dinglosen Dingwörtern;
Schwabbelnde Gallerte
Quillt sie aus den öffentlichen Mündern
Und Mündungen tropft von
Den Lippen der Liebenden
Trieft aus Radios
Triumphiert.

4

Nichtssagend und blutleer und kraftlos
Ein Kind des Landes finde ich sie
Darniederliegend.

5

Und hebe sie auf
Und nehme sie an mich: Die beste mir
Der nichts besseres hat
Und ein Vermögen dem der durch nichts sonst
Zu leben vermag
Als durch sie.

Den Fischen das Fliegen

Beigebracht. Unzufrieden dann
Sie getreten wegen des
Fehlenden Gesanges.

Auf unzeitgemäß verfertigtem Papier

Schreibe ich
Eine kleine fossile Wahrheit
In der Schrift
Welche vor den täglichen Weltuntergängen
Verständlich war.

Frist

Und Sonne war und fiel heiß auf sie nieder
und fiel auf mich der ich doch bei ihr war.
Die Wellen gingen fort und kamen immer wieder
zurück voll Neugier zu dem nackten Paar.

Ein wenig Fleisch auf soviel Sandgehäufe
ein wenig Frist in ziemlich viel Unendlichkeit
ein wenig Leben und zwei Lebensläufe
darüber Sonne und darunter Dunkelheit.

Auch ein Liebeslied

Dies also ist der Liebe Kern:
zuerst ist sie ein Hauch und sacht
einsames Waldhorn von den Horizonten fern
der Unterleib ist bisher nicht erwacht.

Welch ein Genuß sich an der Hand zu halten
und in die feuchten Augen sich zu sinken
doch weicht die Seele bald Naturgewalten
wer »Röslein« dachte denkt jetzt »Schinken«.

Was man auf Händen trug nun liegt es drunter
der Hauch wird Sturm Tornado heißer Wind
trotz der geschloßnen Augen bleibt man munter
man kämpft und weiß nicht wer gewinnt.

Es scheint ein Kampf fürs ganze Leben
jedoch der klare Morgen bringt die Kühle her.
Erloschen der Vulkan. Vorbei der Erde Beben.
Das Waldhorn stumm. Die Horizonte leer.

Signum

Da war die Haustür und dahinter war's
daß ich und sie und sie und ich
in eines fremden Hauses stummer Nacht
betrieben was der Liebe glich.

Glich anderm noch: denn unser Atem
ward aufgesogen durch das unerbittliche Gestein
so zwischen heißer Glätte rauher Kälte
bewegten wir uns in ein Niemandsland hinein.

Da war die Haustür und war unverschlossen
da waren sie und ich und ich und sie.
Und der Moment der längst mit uns verflossen
verging in jenem fremden stummen Hause nie.

Begegnung

Entblättert bis zur Haut und zwischen fremden Wänden:
was tut's das ist des Landes so der Brauch.
Das Auge sieht den Himmel und noch weitres offen
was tut's: der Himmel sieht uns offenbar doch auch.

Gehirn ist gut du Zweibein weiblichen Geschlechts
doch haben wir zur Unterhaltung andre Glieder
wie beispielsweise Knie aufgeteilt nach links und rechts –
was tut's wir tun's: die Erde hat uns immer wieder wieder.

Unsichtbar umfangen

Du und ich und immer wieder Wälder
immer wieder Häuser immer wieder ich und du.
Wolken Wolken graue Tücher
decken unsre später müden Leiber zu.

Zwischen Hingelegtsein und Sichfrüherheben
schwärt ein Dunkel das doch keiner kennt
schreckensvoll und gut in einem
darin eine kleine Gier als Kerze brennt.

Wo wir liegen sitzen gehen laufen
immer bleibt um uns ein schwarzer Rest
von dem Dunkel über das wir schweigen
das uns bis zum Ende nie verläßt.

Schatten entziffern

Wer zu lesen verstünde
die Buchstaben die keine sind:
bemooster Ziegel vom Dach

brandiges Holz noch vom Krieg
Blöcke geborstnen Betons

und die Schatten am Morgen
korrigiert von den Schatten des Abends
in den Häuserzeilen
zwischen denen
alle Wahrheiten stehen.

Regen

In der Welt der zerstörten Bilder,
der unglaubhaften Schriften
bezeichnet der Regen die Fassaden
mit Eindeutigkeit:

Schau meine Werke, feucht und
fröhlich: Fäulnis
verbreitend, die Leben ist.
Aqua destillata gebiert
nichts: Reinheit
ist furchtlos.

Studiere den Regen: jeder Tropfen
ist wahr.

Gedicht zum Gedicht

Mehr als ein Gedicht
ist beispielsweise: Kein Gedicht,
denn das Nichtgedicht lebt
als sanfte Lauheit der Inspiration:
Umweltgefühl

des Tropfens im Wasser.
Der Leib fühlt sich geborgen.
Das Herz fühlt nichts.
Die Waage ist ausgeglichen.
Das Lot hängt still.

Gedicht ist Zustand,
den das Gedicht zerstört,
indem es
aus sich selber hervortritt.

Orpheus IV

Ein Sänger, und beliebt bei allen Ohren.
Kein Vogel, der nicht einstimmt in den Sang.
Kein Krokodil, das Tränen nicht verloren
bei seiner Stimme und Gitarre Klang.

Sogar der Hades spürt ein menschlich Rühren
und zahlt ein schattenhaftes Honorar.
Doch Künste, die zu solcher Rührung führen,
bedeuten eine ernstliche Gefahr.

Kunst schafft Genuß und schärft Gewissen,
Gewissen aber zeugt nur Leid:
Was Wunder, daß Mänaden ihn zerrissen,
aus Einsicht in des Glücks Notwendigkeit.

Bedauerlicher Hitler

1
Bedauerlicher Hitler,
gejagt von Plänen ohne Maß,
zu Fuß dabei in seinem Reich von Front zu Front,

zu den Armeen,
die kaum verlassen, schon gefallen sind.

2

Autobahnen Panzerwagen Bomben gar
schafft er selber, indem er dort Zement aufschüttet,
da eine Panzerplatte walzt und hier
den Sprengstoff einwiegt, wobei
ihn höchstens eine Tasse Brühe stärkt.

3

Auch ständig ohne Schlaf, denn die Gemälde
und Gedichte, die ihn als ihn feiern,
fertigt er zu später Nachtstund
einsam selber.

4

In den Menschenschlächtereien
krepierte keiner, würfe nicht er
mit eigener Hand das Todesgas auf jene, die seiner
erbarmungslos geharrt.
Während er die Leichen, Millionen um Millionen Stück,
vor die Verbrennungsöfen schleppt, bleibt
ihm kaum Rast
von dem belegten Brötchen abzubeißen, das,
halbvertrocknet, er bei sich führt,
der Führer.

5

O trübes Schicksal des gewalttätig Gewaltigen,
daß er alles, was er tat, allein getan, schlachten
seinen Leichnam aus
Wurm und Plutarch junior, Platz zu schaffen
für und für
immer wieder neue alte selbe gleiche
Kopien ohne Original.

Berühmtes Subjekt

Wenig virtuos sein Geigenspiel: eher
dilettantisch. Dazu ein Mangel an Vaterlandsliebe,
offenkundig durch unverziehene Abwesenheit
im gutgemeinten Ghetto, in der geschäftsbedingten
Gaskammer, und warum
eigentlich Zürich und warum eigentlich Princeton
und warum eigentlich
dieser sichtliche Widerwille
gegen das ehrbare Frisörhandwerk?

Aus dem Same der Wunderrabbis: Er, schlimmer
vielleicht: Ein Elohim, er biegt
das Licht, dessen wir immer zufrieden gewesen,
krümmt er den Raum, unaufgefordert, und macht
die Welt unvorstellbar endlich:
Jüdischer Taschenspieler –
läßt seine Uhr langsamer gehen durch Bewegung.
Weiße Kreide auf schwarzer Tafel: Theorien
zwecks Relativierung allgemeiner und spezieller,
stets aber unabkömmlicher
Wahrheiten.

Angesichts dieser Tatsache muß gefragt werden,
war Einstein überhaupt Optimist?

Berliner Nachmittag

Im Sommer bei bedecktem Himmel
im Sommer bei sanftem Regen
im Sommer in der Kühle alter Wohnungen
zwischen dunkler Tapeten Gesichtsträchtigkeit:
da liegen
und auf die Stadtbahn lauschen

gedämpfter Schwellenstoß
Traben der Droschken
Stakkato handbetriebener Maschinen
in weggeblasenen Hinterhöfen
sterbliches Spiel verwehter Leiber
blaß in der Blässe heimlicher Betten
versteckt hinter bröckelndem Stuck
hinter wucherndem Schorf alter Häuser
die eines plötzlichen Nachmittags
von Dumpern und Kränen samt Inhalt
unbekränzt überführt werden
aus ihrem Dasein unser Erinnern
wo ihre begrüßte und beweinte Vergänglichkeit
zum Stillstand kommt: im Sommer
bei sanftem Regen.

Vorschlag

Ramme einen Pfahl
in die dahinschießende Zeit.
Durch deine Hand rinnt der Sand
und bildet Formlosigkeiten,
die sogleich auf Nimmerwiedersehen
in sich selbst einsinken:
vertanes Leben.

Was du nicht erschaffst, du
bist es nicht. Dein Sein nur Gleichung
für Tätigsein: Wie will denn,
wer nicht Treppen zimmert,
über sich hinausgelangen?
Wie will heim zu sich selber finden,
der ohne Weggenossen?

Hinterlaß mehr als die Spur
deiner Tatze, das Testament

ausgestorbner Bestien, davon die Welt
übergenug schon erblickt.

Ramme einen Pfahl ein. Ramme
einen einzigen, einen neuen Gedanken
als geheimes Denkmal
deiner einmaligen Gegenwart
in den Deich
gegen die ewige Flut.

Das täglich verschüttete Glück

kehrt zurück
aus den Spalten und Rissen
der Nacht.

Im Dunkel kriecht es
ins Licht des Traumes:
zart und verletzlich und unhaltbar

darum erst kenntlich als:

Das Große Unbekannte
Das Fortdauernd Vermißte
Das Schmerzhaft Abwesende

Ein Solitär
aus verdichteter Keinmaligkeit.

Vorortabend

Hier geht die Luft geruhsam umher.
Hier brennt eine Gaslaterne und
da auch. Hier riecht es nach Flieder

und dem Rauch
einer verlorenen Lokomotive.
Die Geräusche gelangen weiter
als am Tage, beflügelt
von schwarzen Schwingen.
Hinter der Hecke jedes gesprochene Wort
ist so, wie es am Anfang war:
ein Beginn.
So kommen die Sprechenden erst später
zu ihrer Sprache hinzu, werden Nachbarn
aus Fremden, umgeben sich
mit ihren Gärten, mit holprigen Straßen,
mit Eisenbahngleisen, mit Universum:
Es werde Vorort.
Es werde Abend.
Es werde Schweigen.

Für heute nacht nehme ich
die Schöpfung zurück.

Denkmal

Ob Nebel oder Dunst der Abfallhalden,
ob Schnee, ob Regen oder Sonnenschein,
hier stürzt der Mensch als Denkmal seiner
selbst einfach in sich selber ein.

Gras wächst, vergilbt und wächst aufs Neue,
und überzieht die Massengräber ungestört,
ein Kopf aus Marmor und ein Herz aus Kalkstein,
das über gar nichts sich empört.

An Straßenecken oder auch an trüben Teichen,
auf einem Sockel, einem meist gemiednen Platz,
beschneit, umwölkt, verregnet und vergessen,
und im Granit ein knapper Satz.

So fordern die Geschlechter voneinander
Gedenken und Gefolgschaft durch die Zeit,
als gäbe es nicht Schnee, nicht Regen,
nicht Sonne, nicht Vergänglichkeit.

Alexanderschlacht

Erinnerung an das Bild
der Alexanderschlacht: zwei gewaltige Heere
treffen aufeinander: Darius wendet sich
schon zur Flucht, verfolgt
vom Herrn aus Makedonien: unzählige Lanzen:
in den vorderen Reihen gefällt, senkrecht
noch über den nachrückenden Kohorten:
wildes Getümmel: dazwischen die Reiterei:
Pfeile über Pfeile in Leibern und Leichen:
krapprot und karmesin und im Hintergrund
sinkt schon die Sonne und man weiß:
Das Abendland ist gerettet für alle
künftigen Kriege.

In Kansas City

fordert der Gouverneur nicht viel
von seinen Anhängern,
sagen seine Anhänger:
nur eine Kleinigkeit.
Sie sollen ihm nicht den Boden überlassen,
nicht die Häuser in der Stadt, nicht die
jungfräulichen Töchter und die Autos,
nur
das Denken sollen sie ihm überlassen.
Das ist nicht zuviel verlangt,

sagen sie,
das ist doch billig.

Aber wenn dem Gouverneur
das Denken überlassen worden ist,
woran denkt er?

Nicht an den Boden, auf dem er steht,
nicht an die Häuser der Stadt,
die er regiert,
nicht an jungfräuliche Töchter und Autos,
sondern an nicht viel:
an sich.

Im weiteren Fortgang

Durch Türen doch
hinter keiner das erbangte Daheim
endlich Geborgenheit
dauerhaftes Ausruhen
Freunde
nichts
dahinter als die alten Versprechen:
neue Türen.

Sinnsuche

Aufstehen. Arbeiten und heimgehen
und ins Bett: das ist der Sinn.
Aufgestandensein und erschossen
und begraben werden: das ist der Sinn
gleichfalls.
Werde und stirb: ist die Umkehrung
sinnvoller?

Auf und heim und schießen
und selber getroffen ins Grab oder ins Bett:
ist eine Alternative der Sinn?

Aufgestandengewesen und heimgegangen,
gearbeitet haben und geschossen,
eingegraben, aufgebettet, aufgegeben:
den Geist, den Sinn, daß dies
der Sinn sei, aber er ist es trotzdem:
Aufstehen, Arbeiten, Heimgehen.

Alle Verwüstungen der Person
vollziehen Personen, überzeugt vom Sinn
des Vollzugs: Quellen steter Sinnflut.
Eine Taube schick aus
zu einem Festland: dich selber suche, du
findest dich
an der Arbeit für dein Bett, für dein Grab.

So soll es sein

Zwecklos und sinnvoll
soll es sein
zwecklos und sinnvoll
soll es auftauchen aus dem Schlamm
daraus die Ziegel der großen Paläste
entstehen um wieder zu Schlamm zu zerfallen
eines sehr schönen Tages

zwecklos und sinnvoll
soll es sein
was für ein unziemliches Werk
wäre das
zur Unterdrückung nicht brauchbar

von Unterdrückung nicht widerlegbar
zwecklos also
sinnvoll also

wie das Gedicht.

Wunder erleiden

Immer noch reden wir über
die Säulenstümpfe am Bosporus
über Konstantins des Großen großen Zeh
aus weißem Marmor

Kreuzzüge

Das heilige Jerusalem
von den Ungläubigen zu befrein
erstürmen das christliche Byzanz
immer wieder die christlichen Ritter
Zerstörung und Tod
Seinesgleichen erschlägt seinesgleichen
mit besonderer Sorgfalt
Brudermord als abendländische Tradition
Romulus und Remus Kain und Abel und
so weiter

Das Fortschreiten von etwas Unaufhaltbarem
wird zum unaufhaltbaren Fortschritt

ein weltliches Wunder

darüber reden wir noch mal ein Wörtchen
sobald man uns läßt.

Medusa

Anfangs habe ich sie nicht erkannt
nicht als sie kam
nicht als sie stehenblieb
trotz ihrer Lockenpracht nicht
die von selber sich ringelt
trotz ihres innigen Lächelns nicht

doch seither

finden mich viele Besucher
versteinert.

Meine Gedanken

Oft sind sie furchtsam und furchtbar
und umkreisen das Ende
oder flattern sogar von dorther
blutig wie zerstreute Fotos
nach einem Flugzeugabsturz
daß ich erschrecke und
mich abwende von mir.

Oft zwinge ich sie zusammen
zu einem Fluchtweg
der einer Hängebrücke ähnelt
von einem Dschungel in einen andern
bedrohlich drunten der Fluß
unsichtbare Bestien darin
ich und nochmals ich.

Meine Gedanken sind Fremde
von irgendwoher
wo man nicht daheim sein kann

Emigranten aus einem Reich
das *Perdu* heißt

gekennzeichnet von Luftspiegelungen
wie andre Wüsten.

Keine Neuigkeit aus Troja

Wer
einen Traum wahrmachen will
zerstört jeden Traum
gestand Kassandra sterbend
Aber
was vom Bekenntnis der Wahrheit
auf Erden verbleibt
ist mir fremd
nichts Menschliches

Erbrochenes Blut
ein Farbfleck
das Wegwischen
nicht wert

Herbstgedicht

Massen von Licht
Das Licht der Erfahrung
an einem frühen Morgen im Herbst
Keine Bewegung der Luft
Kein Geräusch
Nur Klarheit

Für die späteren dunklen Tage
zum Nachleuchten

Für den gewissen Winter

Für die Undurchsichtigkeit der Welt
nimm etwas Sonne zu dir
nach trauriger Schildbürgerart.

Unterwegs nach Utopia I

Vögel: fliegende Tiere
ikarische Züge
mit zerfetztem Gefieder
gebrochenen Schwingen
überhaupt augenlos
ein blutiges und panisches
Geflatter
nach Maßgabe der Ornithologen
unterwegs nach Utopia
wo keiner lebend hingelangt
wo nur Sehnsucht
überwintert

Das Gedicht bloß gewahrt
was hinter den Horizonten verschwindet
etwas wie wahres Lieben und Sterben
die zwei Flügel des Lebens
bewegt von letzter Angst
in einer vollkommenen
Endgültigkeit.

Neues vom Amt III

Nun werfen sie ihm
den Besitz eines Pelzmantels vor
sein Bauwerk
seine Beziehung zu Kafka
sein stilles Wirken

Ach
ein gelungener Maulwurf
bleibt unfaßbar und immer
unter der
allgemeinen Oberflächlichkeit.

Unterwegs nach Utopia IV

Am altertümlichen Brunnen
um das Wasser heraufzuholen
stapft lebenslang im Kreis
der Ochse
angetrieben von einem Greise
der andres nicht gelernt hat:
nur zusammen bilden beide
das Bewässerungssystem
wie dir bekannt

mein Freund

der selber auf dem besten Weg
sich weiß und immer wieder hin
zum Ziel
durch seine eigne tiefe Spur
im Staube unbelehrt.

Platzwechsel

Schmutzig der Stoff
an den Knien: Noch immer trage ich
die Hose so wie ich herkam
Tage gleich Jahreszeiten
morgens Sonne mittags Hagel
gehen geschäftig draußen vorüber
indessen ich nur
einen Schrank aufstelle Stühle rücke
Kisten öffne in denen mir
die Vergangenheit folgte
bruchsicher verpackt:

Nicht eine Erinnerung
wurde beschädigt
aber keine will mir mehr gehören
nachdem die Holzwolle sie
nicht länger verbirgt

Standhaftigkeit

Untergehen
wie antike Skulpturen
wäre vielleicht heroisch gewesen

Nach Verlust der feineren Glieder
abschweifender Extremitäten
zerstört bis auf den Rumpf
und den unseligen Kopf
der den Vorgang wahrnimmt
bis zuletzt und dann abbricht

Verscharrt vom Zufall
im fruchtlosen Heimatboden

den Besuch eines Dichters
dringlich erwartend in etwa
zweitausend Jahren

Nur aus Mangel
an soviel Zeit habe ich gestern
mein Leben geändert
nur um meinen
Standpunkt zu wahren
den drohenden Sockel
verlassen

Programm

Wir sind die vor und hinter Scheiben,
gewöhnt die Stille und den falschen Ton,
in einem sicher: Daß wir bleiben
dieselben immer wie uns selbst zum Hohn.

Die Menschentiere, die wir sterben sehen,
gejagt, erlegt am Ende des Berichts,
wie Wiederholung eines ewigen Geschehen:
Denn unsern Blick trifft nichts mehr. Nichts.

Das Bett. Der Tisch. Die trüben Tage.
Gebeine bilden unsern Lebensgrund
und geben keinen Anlaß mehr zur Klage:
Da hoffe du. Du hoffst dich wund.

Theatrum mundi

Täglich treibt Ophelia
an dir vorbei. Ein Hamlet
nach dem anderen verblutet

Der Rest ist schlimmer
als Schweigen
weil Heuchelei. Du triffst sie täglich
Bruder deine Brüder
aus der Klassik und Fausti Wehklag
enthält die alten neuen Leiden
von einem der sich verkauft hat.
Der weise Nathan
hat seine Pflicht und Schuldigkeit
getan und ist verbrannt.
Macht nichts! das Publikum
erfindet selbst sich neue Juden.
Nur du und ich
beschmutzt von Furcht und Mitleid
aller Dramen
erfahren nichts als daß
wir die Komparsen sind
jenseits der Worte
die uns keiner gab.

Zivilisatorisches Gespräch

Eine Tablette und noch eine
Tablette: schon verwehen die Jahre
erträglicher. Der Schmerz
über der linken Braue: Eingeständnis
der Sterblichkeit. Unendlicher Fall
grüner Blätter: die Menschheit
auf dem Marsch und du
sprichst von einem Leuchten
fünfzehn Milliarden Lichtjahre fern
und welche Bedeutung wir dem zumessen
in Hinsicht darauf
daß es wieder keine Orangen gibt
keine Freundlichkeit keine Freiheit

und keine Bücher über den Anlaß
solchen Mangels

Mein Lieber
die größten Dichter kamen
aus dem Neandertal weil sie
nichts hinterließen als Rätsel
Wir stattdessen
haben die Schrift
uns zu beklagen.

Abendgedicht

Ach dieses langsame Einsinken
in den Abend. Die Erde
wird bodenlos sobald
ihr das Licht vergeht.
Noch treten die Füße Gras oder Schotter
dann nichts mehr.
Aus der Emigration des Tages
kehren die Toten zurück um raschelnd
in alten Fotos ihren Platz einzunehmen.
Jetzt zögert die Zeit wieder und täuscht
andere Zeiten vor: Welches Jahrhundert
hatten wir heute?
Ich würde mich nicht wundern
wenn vor der Tür Chamisso stünde
oder sein Schatten oder ich
sein Schatten bin oder auch Chamisso selber
der berlinwärts vor einer Tür
steht.

Wir wollen unseren Umriß verlieren
und glücklich sein wie niemand und zwar
Abend für Abend.

Abtötungsverfahren

Ein Blick in die Zeitung
und einer ins Leben
Ein Gespräch mit den Stummen
und eine Rede von Tauben
Ein Entfalten der Flügel
und die Aussicht in Mündungen
Ein Versuch die Hand auszustrecken
und das Berühren von Eisen
Eine Tüte voll Angst
für das Dasein als Körper
gründlich einverleibt
der Leichengemeinschaft

Erst ein Ausflug ins Jenseits
dann eine Rückkehr ins Nichts.

Belagerungszustand

Wohin auch immer wovon weg
ist immer
der Benennung sicher: Weil Sonntag
und vorm Hause drei Autos
Stunde um Stunde
im Fond Marx Engels Lenin Stalin
ad usum Delphini

Sie kommen direkt aus dem Hauptquartier
der Utopie in Berlin-Lichtenberg
rauchen und lesen Zeitung und
erwarten den Widersatz
meiner armen und zaghaften Worte
frisch geschlüpfte Zugvögel
Wegbereiter

dorthin wo das Gespräch über Bäume
kein Schweigen mehr bindet
dorthin wo keiner einem
die Sprache verschlägt

Vom Dorotheenstädtischen Friedhof

Auf den Friedhöfen der toten Dichter
triumphiert die Macht
über die Ohnmacht des Wortes

Selbst schwere Steine
sind nur leichtfertige Lügen
erhaben über wehrlosem Gebein
Barrikaden gegen die Lebenden
damit sie hier einhalten
im Denken und wissen
daß sie anheimfallen
der weiterwährenden Gebrauchsfähigkeit
früher oder später

Besucher wie du
im dunklen Anzug und mit erforderter Miene
vernehmen niemals die Warnung
das erbärmliche Geschrei welker Blätter
unter den Sohlen auf dem Wege
zum zugewiesenen Platz.

Leichter Nachmittag

Wie Fels im Felsen ist die Stille,
der See von Plagen ohne einen Hauch.
Nach Zukunft schaut nicht Wunsch noch Wille,
wo Schweigen lebt, da lebst du auch:

Wie unverhofft hat es durchdrungen
dich und die Weite ringsumher:
Als habest du dich aufgeschwungen
und triebst davon, die Flügel schwer.

Das Fundament

Sonne. Die Quelle. Photonen.
Langsam leben wir auf.
Wo wir auch immer wohnen,
sie bestimmt stets den Lauf

unseres verdämmerten Lebens
und streichelt zugleich unsre Haut:
An ihrem Leuchten vergebens
haben wir uns erbaut.

Durchstrahlend maßlose Räume:
Für niemanden sonst ein Fest
als für unsre ärmlichen Träume,
die wer uns träumen läßt:

Daß sie nämlich gezündet
für uns bloß ganz allein.
Wir haben es selber ergründet:
Es muß die Wahrheit sein.

So sind wir mit ihr eines
und können nicht untergehn.
Die Wahrheit des schönen Scheines
bleibt unberührt bestehn.

Idylle

Ein Kreis von Federn gibt zu wissen
hier bei den Bäumen sei es dann geschehen:
Als Beute eingefangen und zerrissen
was du vordem im Flug gesehen.

Was so geendet das verdient Bedauern
weil es auf eine Weise doch betrogen:
Du ahnst auch über dir das Lauern
von Schatten – eh du selbst verflogen.

Verheißung

Die Regen strömen und die Bäume
sterben. Und Vogelschwärme ziehen fort.
Herbst nistet früh an solchem Ort
und offeriert ein paar verwelkte Träume.

Das Gras hält keine deiner Spuren
lange. Und folgt beharrlich dir durch Raum
und Zeit. Am Horizont wirkt gelber Schaum
als wenn die Wolken längst vondannenfuhren.

Sprich leiser, daß nicht deine Reden
sofort verfliegen als ein kalter Hauch.
An irgendeinem Abend merkst du auch:
Nacht kommt genug: Es reicht für jeden.

Menetekel

Bevor noch jene einst berühmte Hand
hervorkam, um mit Flammenschrift –
war abgerissen die besagte Wand.

Von einem Menetekel, das wen wohl betrifft
ist daher hierorts nichts bekannt.
Es wurden außerdem zuviele umgebracht
um festzustellen: Ein Belsazar war dabei.
Es waren tausend, nicht nur eine Nacht
und alles Zählen störend das Geschrei:
Allein die Dunkelheit hat es vollbracht.
Am andern Morgen Babylon
wie jeden Tag. Wie uns zum Hohn.

Berliner Straße im Nordosten

Jene vielen geräuschlosen Abende
von keinem zusammengezählt.
Tageshelle
in Laternen aufbewahrt
für die Nacht.
In die verschachtelten Hinterhöfe
so sehr sie nach ihm verlangen mögen
seit er unbemerkt weggeführt wurde
kehrt unser alter Christus nie mehr
zurück. Stattdessen
immer die gleichen Gestalten
ärmlich und Frauen zumeist. Gesichter
gleich wieder vergessen. Sie selber
wissen ja nichts von sich
wollen nur leben
um den Preis des Todes
den sie austragen Jahr um Jahr
wie eine Zeitung für jedermann
durch die vielen stummen Abende
an denen die Welt gemütlich
unterzugehen pflegt.

Verlorene Söhne

Wir wandten uns um, um zurückzusehn
und sind nicht dabei erstarrt.
Wir haben geahnt: Das wird untergehn:
Ein Sodom besonderer Art.

Ein Abschied auf immer: Denn dessen bin
ich mir wie des Lebens gewiß.
Vergangen die Angst. Schau klaglos hin
auf die brennende Finsternis.

Es gibt nichts zu sagen. Kein einziges Wort.
Bloß: Die Ferne weitet sich aus.
Später vergeht auch der Name dem Ort
und heißt nicht länger: Zuhaus.

Wer lange in einer Legende gelebt
die mit der Zeit doch zerfällt,
dem bleibt, wonach er niemals gestrebt:
Nur Asche von seiner Welt.

Leben

Lange auf Brücken verharren
und hinabsehen bis das Geländer
davontreibt
In Träumen den Verschwundenen
wiederbegegnen
in der rettenden Höhle
des endlichen Schlafes
Eine Hand spüren
Eine Haut Einen Mund
Einen fremden Geruch

Heimkehren
in die biologische Wahrheit
Ehe das Mark zerfällt
Ehe jedes weitere Wort
unaussprechbar wird

Tiefseemuschel

Bewundernd musterst du, was Leben
aus Kalk und ohne Vorbild schafft.
Was steckt dahinter? Welches Streben?
Das ist die Hülle: Wo die Kraft?

Beliebt: Solch Stück ans Ohr zu halten.
Man hört nur Rauschen. Doch du bist bereit
beim Lauschen eine Ahnung zu entfalten:
So und nicht anders klänge Ewigkeit.

Hymnik

(Den neuen Optimisten ins Stammbuch)

Der Harzgeruch ist schon nicht wenig,
und der von Heu und Kraut bereits genug.
Wie leicht ist die Natur gepriesen,
weil sie uns nicht mit Knüppeln schlug.

Gepriesen sei der Himmel und das Blaue,
das über uns sich kostenlos erstreckt;
vor allem ist die Rose hoch zu preisen,
die uns durch ihre Farbe nicht erschreckt.

Die Zwiebel lobt, die Schweinskopfsülze,
den Weiberhintern, den Matratzentanz,

Planeten, Polizisten und Patronen:
gefeiert jedes laut und gar und ganz.

Durch Lob verdaut man alles besser,
und selbst ein skelettiertes Menschenbein
von des Jahrhunderts Leichenbergen
wird hymnisch erst genießbar sein.

Vor allem feiern wir uns kräftig selber
durch das, was unser Lob erfährt:
Und schaffen die Kassandra hin,
wo sie schon lange hingehört.

Goethe, stark verbessert

Verweile doch. Laß dich umarmen.
Du bist mir nah wie der Moment,
den man mit vielen Namen nennt.
In unserm Falle mit: Erbarmen.

Es ist der karge Augenblick,
der später lebenslänglich dauert,
obgleich man über seine Kürze trauert:
Was niemals war, bleibt dir zurück.

Nur Zeichen. Aber kein Gelingen.
Ein Wort, das alles das enthält,
was du ersehnst: Sobald es fällt,
regt Ikarus erneut die Schwingen.

Absage

Geburt der Welt: Aus deinem Hirn.
Sie quillt hervor, ist keiner gleich
an Fülle und an Farben reich
und trägt das Signum deiner Stirn.

Als Sehnsuchtsziel gewitzt erdacht,
als Ort der wahren Menschlichkeit.
Doch greift sie aus in Raum und Zeit,
verliert sie ihre fade Pracht,

wird ein realer Wüstenstrich,
ein Jammertal wie längst bekannt:
Ein Stirb- und Werdniewiederland.
Behalte deine Welt für dich.

Allgemeine Biographie

Von Schlägen im Gesicht entstellt.
Ein Leib, der dampft und panisch schreit
nach einem Gramm Gerechtigkeit
bevor er in die Grube fällt.

Dem Fleisch nützt wenig Kants Traktat
und wenig, daß es wer geliebt:
Auch wenn man ihm drei Handvoll gibt
der Erde, die es einst betrat

durch Neugier stark, von Hoffnung blind,
vom Einverständnis alsbald krumm,
vom vielen Wissen gründlich dumm,
ist es nichts andres als wir sind.

Klage

Vor allem über mich: Ich bin
in dieser Welt ganz ohne Sinn.
Mal macht mich Wörtermangel stumm,
mal macht ihr Überfluß mich dumm.

Mal bin ich heiter ungetrost,
mal durch mein Unglück wie umkost.
Ich bin zu schwach. Und bin allein
und rede dennoch mir nichts ein
von Menschheitssolidarität.
Ich bin zu wach. Es ist zu spät

für mich: Für guten Lug
fehlt mir der Glaube. Selbstbetrug
gelingt mir nicht. Denn ich mißtrau
der Zukunfts- wie der Nabelschau.

Bin nicht zu brauchen im Betrieb.
Ach, hätte ich mich derart lieb
wie meinen Nachbarn ich nicht mag:
Es gäbe keinen Grund zur Klag.

Kalenderspruch

Immer noch: Der blasse Mond.
Die alte Erde: Noch bewohnt.
Natur: Ein Anlaß zum Gedicht.
Zum Wörterspiel. Zum Weltgericht.
Hier: Meine Hand. Noch greift sie zu.
Und hält sich fest. An einem Du.

Luther und der Baum

Von Sintflut hat man gelesen:
Derlei wiederholt sich kaum.
Gewesen ist eben gewesen:
Luther pflanzt einen Baum.

Und rinnen die deutschen Flüsse
dahin als giftiger Schaum,
weißt du, was man tun müsse –
Luther pflanzt seinen Baum

und empfiehlt noch, Kinder zu machen,
gebrich's der Welt auch an Raum
für all die Armen und Schwachen:
er pflanzt mit Fleiß seinen Baum.

Und wäre wie Auschwitz die Erde,
er fände den friedlichen Saum
jenseits von Leid und Beschwerde
für sich und für seinen Baum.

Reminiszenz

Was damals die an ihre Trümmer schrieben
als sie vor den Ruinen ihrer Städte standen
ist nachzuahmen uns geblieben
wenn auch die Trümmer längst verschwanden.

Zwei Worte die uns tröstend einbezogen
fern aller Klage allem Streben
die nichts verlangten und nicht logen –
heb deine Hand und schreib: Wir leben.

Textnachweise

Die Texte der vorliegenden Ausgabe folgen den ersten Buchausgaben. Soweit die Gedichte in spätere Ausgaben des Carl Hanser Verlages, München, aufgenommen wurden, ist dies verzeichnet.

»Über einige Davongekommene«, »Einige bleiben«, »Traum von der Erneuerung« aus: *Wegschilder und Mauerinschriften. Gedichte*, Berlin [Ost]: Aufbau Verlag, 1950.
Wiederabgedruckt in: *Erinnerung an einen Planeten. Gedichte aus fünfzehn Jahren*, München: Hanser, 1963.

»Der Herbst spielt«, »Das Gedicht vom Mond«, »Die Sonne scheint. Aus den Fenstern« aus: *Unter diesem Himmel. Gedichte*, Berlin [Ost]: Verlag Neues Leben, 1955.
Wiederabgedruckt in: *Erinnerung an einen Planeten. Gedichte aus fünfzehn Jahren*, München: Hanser, 1963.

»Während der Mittagspause«, »Von einem Freund«, »Morgen kommt« aus: *Tagwerke. Gedichte und Balladen*, Halle a. d. S.: Mitteldeutscher Verlag, 1960.
Wiederabgedruckt in: *Erinnerung an einen Planeten. Gedichte aus fünfzehn Jahren*, München: Hanser, 1963.

»Umgeben von Häusern« aus: *Das kreuzbrave Liederbuch*, Berlin [Ost]: Aufbau Verlag, 1961.

»Der ungebetene Gast«, »Wie ich ein Fisch wurde«, »Wintertag«, »Laika«, »Der Schatten«, »Ich bringe eine Botschaft«, »Sprüche«, »Film – verkehrt eingespannt« aus: *Der ungebetene Gast. Gedichte*, Berlin [Ost]: Aufbau Verlag, 1965.
Mit Ausnahme von »Sprüche« und »Film – verkehrt eingespannt« wiederabgedruckt in: *Erinnerung an einen Planeten. Gedichte aus fünfzehn Jahren*, München: Hanser, 1963. – »Film – verkehrt eingespannt« wiederabgedruckt in: *Verkündigung des Wetters. Gedichte*, München: Hanser, 1966.

»Notizen in Kreide«, »Geschichte«, »Meine Sprache«, »Den Fischen das Fliegen«, »Auf unzeitgemäß verfertigtem Papier« aus: *Verkündigung des Wetters. Gedichte*, München: Hanser, 1966.

»Frist«, »Auch ein Liebeslied«, »Signum«, »Begegnung«, »Unsichtbar umfangen« aus: *Unschuld der Natur. Gedichte*, Berlin [Ost]: Aufbau Verlag, 1966.

Mit Ausnahme von »Begegnung« und »Unsichtbar umfangen« wiederabgedruckt in: *Verkündigung des Wetters. Gedichte*, München: Hanser, 1966.

»Schatten entziffern«, »Regen«, »Gedicht zum Gedicht«, »Orpheus IV«, »Bedauerlicher Hitler«, »Berühmtes Subjekt«, »Berliner Nachmittag«, »Vorschlag« aus: *Warnung vor Spiegeln. Gedichte*, München: Hanser, 1970.

»Das täglich verschüttete Glück«, »Vorortabend«, »Denkmal«, »Alexanderschlacht«, »In Kansas City« aus: *Offener Ausgang. Gedichte*, Berlin [Ost]: Aufbau Verlag, 1972.

Mit Ausnahme von »In Kansas City« wiederabgedruckt in: *Im weiteren Fortgang. Gedichte*, München: Hanser, 1974.

»Im weiteren Fortgang«, »Sinnsuche«, »So soll es sein«, »Wunder erleiden«, »Medusa« aus: *Im weiteren Fortgang. Gedichte*, München: Hanser, 1974.

»Meine Gedanken«, »Keine Neuigkeit aus Troja«, »Herbstgedicht«, »Unterwegs nach Utopia I«, »Neues vom Amt III«, »Unterwegs nach Utopia IV« aus: *Unterwegs nach Utopia. Gedichte*, München: Hanser, 1977.

»Platzwechsel«, »Standhaftigkeit«, »Programm«, »Theatrum mundi«, »Zivilisatorisches Gespräch«, »Abendgedicht«, »Abtötungsverfahren«, »Belagerungszustand«, »Vom Dorotheenstädtischen Friedhof« aus: *Abtötungsverfahren. Gedichte*, München: Hanser, 1980.

»Leichter Nachmittag«, »Das Fundament«, »Idylle«, »Verheißung«, »Menetekel«, »Berliner Straße im Nordosten«, »Verlorene Söhne«, »Leben«, »Tiefseemuschel« aus: *Stilleben. Gedichte*, München: Hanser, 1983.

»Hymnik«, »Goethe, stark verbessert«, »Absage«, »Allgemeine Biographie«, »Klage«, »Kalenderspruch«, »Luther und der Baum«, »Reminiszenz« folgen dem Erstdruck in der *Frankfurter Allgemeinen Zeitung*.

Bibliographie

Zusammengestellt von Franz Josef Görtz

Bücher

Wegschilder und Mauerinschriften. Gedichte. Berlin [Ost]: Aufbau-Verlag, 1950.

Der ewige Detektiv und andere Geschichten. Satiren. Ill. von Karl Schrader. Berlin [Ost]: Eulenspiegel-Verlag, 1954.

Unter diesem Himmel. Gedichte. Berlin [Ost]: Verlag Neues Leben, 1955.

Jäger ohne Beute. Berlin [Ost]: Verlag Neues Leben, 1955.

Der Kaiser von Hondu. Ein Fernsehspiel. Berlin [Ost]: Aufbau-Verlag, 1959.

Tagwerke. Gedichte und Balladen. Halle a. d. S.: Mitteldeutscher Verlag, 1961.

Das kreuzbrave Liederbuch. Gedichte. Berlin [Ost]: Aufbau-Verlag, 1961.

Erinnerung an einen Planeten. Gedichte aus fünfzehn Jahren. München: Hanser, 1963. – München: Heyne, 1980. (Heyne Bücher. 29/27.)

Tagträume. Prosa. München: Hanser, 1964.

Kunerts lästerliche Leinwand. Fotosatiren. Berlin [Ost]: Eulenspiegel-Verlag, 1965.

Der ungebetene Gast. Gedichte. Berlin/Weimar: Aufbau-Verlag, 1965.

Verkündigung des Wetters. Gedichte. München: Hanser, 1966.

Unschuld der Natur. Gedichte. 52 Figurationen leibhafter Liebe. Mit Zeichn. von Fritz Cremer. Berlin/Weimar: Aufbau-Verlag, 1966.

Im Namen der Hüte. Roman. München: Hanser, 1967. – Im Namen der Hüte. Roman. Mit Ill. von Jürgen Schäfer. Berlin [Ost]: Eulenspiegel-Verlag, 1976. – Frankfurt a. M.: Fischer Taschenbuch Verlag, 1979. (Fischer Taschenbuch. 2085.)

Die Beerdigung findet in aller Stille statt. Erzählungen. München: Hanser, 1968. – München: Deutscher Taschenbuch Verlag, 1984. (dtv 10262.)

Poesiealbum 8. Gedichte. Berlin [Ost]: Verlag Neues Leben, 1968.

Kramen in Fächern. Geschichten, Parabeln, Merkmale. Berlin/Weimar: Aufbau-Verlag, 1968.

Betonformen. Ortsangaben. Berlin: Verlag Literarisches Colloquium, 1969.
Warnung vor Spiegeln. Gedichte. München: Hanser, 1970. – München: Deutscher Taschenbuch Verlag, 1982. (dtv 10033.) [Zus. mit *Unterwegs nach Utopia* und *Abtötungsverfahren*.]
Notizen in Kreide. Gedichte. Ausw. Hubert Witt. Nachw. von Armin Zeißler. Leipzig: Reclam, 1970.
Ortsangaben. Mit Zeichn. von Günter Kunert. Berlin/Weimar: Aufbau-Verlag, 1970.
Tagträume in Berlin und andernorts. Kleine Prosa, Erzählungen, Aufsätze. München: Hanser, 1972. – Frankfurt a. M.: Fischer Taschenbuch Verlag, 1974. (Fischer Taschenbuch. 1437.)
Offener Ausgang. Gedichte. Berlin/Weimar: Aufbau-Verlag, 1972.
Die geheime Bibliothek. Prosa. Berlin/Weimar: Aufbau-Verlag, 1973.
Gast aus England. Erzählung. München: Hanser, 1973. – München: Heyne, 1981. (Heyne Bücher. 37/3.)
Im weiteren Fortgang. Gedichte. München: Hanser, 1974.
Der andere Planet. Ansichten von Amerika. Berlin/Weimar: Aufbau-Verlag, 1974. – München: Hanser, 1975. – München: Deutscher Taschenbuch Verlag, 1982. (dtv 1781.)
Der Hai. Erzählungen und kleine Prosa. Ausw. und Nachw. von Dietrich Bode. Stuttgart: Reclam, 1974. (Universal-Bibliothek. 9716.)
Der Mittelpunkt der Erde. Prosa. Mit Zeichn. von Günter Kunert. Berlin [Ost]: Eulenspiegel-Verlag, 1975.
Das kleine Aber. Gedichte. Berlin/Weimar: Aufbau-Verlag, 1975.
Warum schreiben. Notizen zur Literatur. Berlin/Weimar: Aufbau-Verlag, 1976. – München: Hanser, 1976.
Jeder Wunsch ein Treffer. Kinderbuch. Mit Ill. von Heinz Edelmann. Köln: Middelhauve, 1976.
Berliner Wände. Bilder aus einer verschwundenen Stadt. Photos von Thomas Höpker. Text von Günter Kunert. München: Hanser, 1976.
Keine Affäre. Drei Geschichten. Berlin, 1976.
Kinobesuch. Gesammelte Erzählungen. Leipzig: Insel-Verlag, 1976.
Ein anderer K. Hörspiele. Berlin/Weimar: Aufbau-Verlag, 1977. – Stuttgart: Reclam, 1977. (Universal-Bibliothek. 9851.)
Unterwegs nach Utopia. Gedichte. München: Hanser, 1977. – Berlin/Weimar: Aufbau-Verlag, 1980. [Veränderte Ausgabe.] – München:

Deutscher Taschenbuch Verlag, 1982. (dtv 10033.) [Zus. mit *Warnung vor Spiegeln* und *Abtötungsverfahren*.]

Ein englisches Tagebuch. Berlin/Weimar: Aufbau-Verlag, 1978. – München: Deutscher Taschenbuch Verlag, 1980. (dtv 6310.)

Camera obscura. Kleine Prosa. München: Hanser, 1978. – Frankfurt a. M.: Fischer Taschenbuch Verlag, 1980. (Fischer Taschenbuch. 2108.)

Bucher Nachträge. Mit Original-Linolschnitten von Wolfgang Jörg und Erich Schönig. Berlin 1978. (Berliner Handpresse. 50.)

Verlangen nach Bomarzo. Reisegedichte. Mit 12 Federzeichn. des Autors. Leipzig: Reclam, 1978. – München: Hanser, 1978. – Frankfurt a. M.: Fischer Taschenbuch Verlag, 1981. (Fischer Taschenbuch. 5018.)

Heinrich von Kleist, ein Modell. Berlin: Akademie der Künste, 1978.

Die Schreie der Fledermäuse. Geschichten, Gedichte, Aufsätze. Hrsg. von Dieter E. Zimmer. Gütersloh: Bertelsmann, 1978. – München: Hanser, 1979. – Berlin: Ullstein, 1981. (Ullstein Buch. 26041.)

Ziellose Umtriebe. Nachrichten von Reisen und Daheimsein. Berlin/Weimar: Aufbau-Verlag, 1979. – München: Deutscher Taschenbuch Verlag, 1981. (dtv 6327.)

Unruhiger Schlaf. Gedichte. München: Deutscher Taschenbuch Verlag, 1979. (dtv 5462.)

Drei Berliner Geschichten. Mit 31 Zeichn. des Autors. Berlin/Weimar: Aufbau-Verlag, 1979.

Abtötungsverfahren. Gedichte. München: Hanser, 1980. – München: Deutscher Taschenbuch Verlag, 1982. (dtv 10033.) [Zus. mit *Warnung vor Spiegeln* und *Unterwegs nach Utopia*.]

Kurze Beschreibung eines Moments der Ewigkeit. Prosa. Leipzig: Reclam, 1980.

Verspätete Monologe. Prosa. München: Hanser, 1981. – München: Deutscher Taschenbuch Verlag, 1984. (dtv 10224.)

Diesseits des Erinnerns. Aufsätze. München: Hanser, 1982. – München: Deutscher Taschenbuch Verlag, 1985. (dtv 10438.)

Stilleben. Gedichte. München: Hanser, 1983.

Die letzten Indianer Europas. Essay. Hauzenberg: Pongratz, 1983.

Abendstimmung. Gedichte – Holzschnitte. Zus. mit Heinz Stein. Hauzenberg: Pongratz, 1983.

Leben und Schreiben. Prosa. Mit Originallithogr. von Horst Sobotta. Pfaffenweiler: Pfaffenweiler Presse, 1983.

Auf der Suche nach der wirklichen Freiheit. Mit Original-Linolschnitten von Wolfgang Jörg und Erich Schönig. Berlin 1983. (Berliner Handpresse. 62.)

Zurück ins Paradies. Geschichten. München: Hanser, 1984. – München: Deutscher Taschenbuch Verlag, 1987. (dtv 10701.)

Kain und Abels Brüderlichkeit. Hauzenberg: Pongratz, 1984.

Vor der Sintflut. Das Gedicht als Arche Noah. Frankfurter Vorlesungen. München: Hanser, 1985.

Berlin beizeiten. Gedichte. München: Hanser, 1987.

Vorworte, Nachworte

Kriegsfibel von Bertolt Brecht. Übers. der engl. Bildunterschriften und ein erl. Anh. von Günter Kunert. Berlin [Ost]: Eulenspiegel-Verlag, 1955.

Nikolaus Lenau: Gedichte. Ausgew. von Günter Kunert. Frankfurt a. M.: S. Fischer, 1969.

Über die irdische Liebe und andere gewisse Welträtsel in Liedern und Balladen von Bertolt Brecht. Ausw. und Vorw. von Günter Kunert. Berlin [Ost]: Eulenspiegel-Verlag, 1970. – Frankfurt a. M.: Insel Verlag, 1972.

Dimension. Sonderheft DDR-Literatur. Ausw. und Einf. von Günter Kunert. Austin: University of Texas Press, 1973.

E. A. Poe: Erzählungen. Mit einem Nachw. von Günter Kunert. Berlin/Weimar: Aufbau-Verlag, 1974.

Iwan Turgenjew: Vorabend. Vorw. von Günter Kunert. Berlin [Ost]: Verlag Neues Leben, 1976.

Städte, die keiner mehr kennt. Reportagen aus der DDR. Texte Marlies Menge und Fotos Rudi Meisel. Vorw. von Günter Kunert. München: Hanser, 1979.

Ulenspiegel. Zeitschrift für Literatur, Kunst und Satire. Ein Querschnitt von 1945 bis 1950. Hrsg. von H. Sandberg und Günter Kunert. München: Hanser, 1979.

Da hockt's im Moos, zwei Spannen groß. Kinderbuch. Hrsg. und mit einem Nachw. von Günter Kunert. Frauenfeld: Huber, 1980.

Jahrbuch für Lyrik. Bd. 3. Hrsg. von Günter Kunert. Königstein i. Ts.: Athenäum Verlag, 1981.

Eike Geisel: Im Scheunenviertel. Bilder, Texte und Dokumente. Mit einem Vorw. von Günter Kunert. Berlin: Severin & Siedler, 1981.

Mein Lesebuch. Hrsg. von Günter Kunert. Frankfurt a. M.: Fischer, 1983. (Fischer Taschenbuch. 5760.)

Auf Noldes Spuren. Fotografien von Heinz Teufel. Mit einem Vorw. von Günter Kunert. Hamburg: Grube & Richter, 1983.

Norbert Hinterberger: Die klaren Sachen. Gedichte. Mit einem Vorw. von Günter Kunert. Hamburg: Knaus, 1983.

Hans W. Silvester: Vogelscheuchen. Ein phantastisches Panoptikum. Mit einem Text von Günter Kunert. Köln: DuMont, 1985.

Peter Glotz / Günter Kunert: Sozialistische Studentengruppen: Mythos und Politik. Über die magischen Gesten der Rechten. Hamburg: VSA-Verlag, 1985.

Sarah Kirsch: Landwege. Eine Auswahl 1980–1985. Mit einem Nachw. von Günter Kunert. Stuttgart: Deutsche Verlags-Anstalt, 1985.

Toskana. Fotografiert von Klaus Bossemeyer. Mit einem Text von Günter Kunert. Hamburg: Ellert & Richter, 1986.

Erich Loest: Saison in Key West. Reisebilder. Mit einer Einf. von Günter Kunert. München/Hamburg: Knaus, 1986.

Hörspiele, Theaterstücke

Denkmal für einen Flieger. Musikballade. Berliner Rundfunk 1958.

Vom König Midas. Kantate für Kinder. Radio DDR 1958.

Fetzers Flucht. Funkoper. Radio DDR 1959.

Der Hai. Deutschlandfunk 1966.

Orpheischer Dialog mit einer Art Publikum. Deutschlandfunk 1968.

Mit der Zeit ein Feuer. Radio DDR 1971.

Ehrenhändel. Radio DDR 1972.

Ein anderer K. Radio DDR 1975.

Teamwork. Norddeutscher Rundfunk 1981.

Futuronauten. Uraufführung: Niedersächsisches Staatstheater Hannover. 1. März 1981. Regie: Alexander May.

Briefwechsel. Norddeutscher Rundfunk 1983.

Countdown. Bayerischer Rundfunk 1983.

Kein Anschluß unter dieser Nummer. Norddeutscher Rundfunk 1985.

Filme

Seilergasse 8. DEFA 1959. [Drehbuch.]
König Midas. DEFA 1961. [Drehbuch.]
Das zweite Gleis. DEFA 1962. [Drehbuch.]
Fetzers Flucht. Fernsehfunk DDR 1962. [Drehbuch.]
Monolog für einen Taxifahrer. Fernsehfunk DDR 1962. [Drehbuch.]
Abschied. DEFA 1968. [Drehbuch nach dem Roman von Johannes R. Becher.]
Fleiß und Faulheit. Westdeutscher Rundfunk 1968. [Texte auf 6 Kupferst. von William Hogarth.]
Alltägliche Geschichte einer Berliner Straße. Westdeutscher Rundfunk 1969. [Buch und Ill.]
Karpfs Karriere. Westdeutscher Rundfunk 1971. [Drehbuch.]
Zentralbahnhof. Westdeutscher Rundfunk 1971. [Buch und Zeichn.]
Berliner Gemäuer. Westdeutscher Rundfunk 1973. [Texte.]
Beethoven – Tage aus einem Leben. DEFA 1976. [Mitarb. am Drehbuch.]
Berlin mit Unterbrechungen. Ein Foto-Essay, beschrieben und erzählt von Günter Kunert, fotografiert von Christoph Honig. Westdeutscher Rundfunk 1976.
Unterwegs nach Atlantis. DEFA 1977.
Laterna magica. Hessischer Rundfunk 1981.
Platzwechsel. Westdeutscher Rundfunk 1981.
Der Mann mit der Pfeife. ZDF 1984. [Drehbuch.]

Schallplatten

Vom König Midas. Kantate für Kinder. Berlin [Ost]: Amiga, 1960.
Die Weltreise im Zimmer. Kinderoper. Berlin [Ost]: Amiga, 1961.
Lagebericht. Gedichte und Prosa gelesen vom Autor. Hamburg: Deutsche Grammophon Gesellschaft, 1980.

Bibliographie

Nicolai Riedel: Internationale Günter-Kunert-Bibliographie. Bd. 1: Das poetische und essayistische Werk in Editionen, Einzeldrucken und Übersetzungen. Hildesheim: Olms, 1987.

Biographische Notiz

Geboren am 6. März 1929 als Sohn eines Kaufmanns in Berlin, erlebte seiner jüdischen Mutter wegen »eine staatlich verpfuschte Kindheit« und wurde während des Zweiten Weltkriegs für »wehrunwürdig« erklärt, war Lehrling in einem Bekleidungsgeschäft und studierte von 1946 an fünf Semester Graphik an der Hochschule für angewandte Kunst in Berlin-Weißensee. Seit 1948 satirische Gedichte und Kurzgeschichten in der Zeitschrift »Ulenspiegel«. Entdeckt und gefördert von Johannes R. Becher. Machte 1951 die Bekanntschaft von Bertolt Brecht, die nicht ohne Einfluß auf seine literarische Arbeit blieb. Von September 1972 bis Januar 1973 Aufenthalt in den Vereinigten Staaten, die längste Zeit als Visiting Associate Professor an der University of Texas in Austin. 1975 Writer in Residence an der University of Warwick, Großbritannien. Gehörte im November 1976 zu den Unterzeichnern des Protestbriefs gegen die Ausbürgerung Wolf Biermanns, wurde daraufhin aus der SED ausgeschlossen, deren Mitglied er seit 1949 gewesen war. Lebt seit Oktober 1979 mit einem mehrjährigen Visum für die Bundesrepublik Deutschland als freier Schriftsteller in der Nähe von Itzehoe. Mitglied der West-Berliner Akademie der Künste (seit 1976) und der Deutschen Akademie für Sprache und Dichtung (seit 1981). Poetik-Dozentur an der Frankfurter Universität (1981).

Heinrich-Mann-Preis (1962); Johannes-R.-Becher-Preis (1973); Georg-Mackensen-Literaturpreis (1979); Ehrengabe des Kulturkreises im Bundesverband der Deutschen Industrie (1980); Stadtschreiber von Bergen-Enkheim (1983); Heinrich-Heine-Preis der Stadt Düsseldorf (1985).

Nachwort

1

In der Kindheit – schreibt Ernst Bloch – scheine uns allen etwas, worin noch niemand war: Heimat. Günter Kunert hat eine Heimat zeit seines Lebens schmerzlich vermißt. Nie aber war er weiter von ihr entfernt als gerade in seiner Kindheit. Der Mangel an Gemeinschaft und Geborgenheit, an sicherer Zuflucht und sorglosem Vertrauen in seine Umwelt, den er in seinen jungen Jahren erfuhr, ist zu einem beherrschenden Motiv seines Werkes geworden. Mit den Zeilen: »der auserlesene Findling / Kind ohne Kindheit / Fremder in eigener Heimat und / verhöhnt«[1] porträtiert er Edgar Allen Poe, doch durch die zarten Striche dieser Skizze schimmert unzweifelhaft ein Selbstbildnis.

Kunert wurde 1929 in Berlin geboren, als Sohn einer jüdischen Mutter und eines – wie es bald schon heißen sollte – »arischen« Vaters. In dem autobiographischen Prosastück »Ohne Bilanz« vermittelt er in lapidaren Sätzen einen Eindruck von seiner »verstörten Kindheit«, die er »genauso verlassen kann wie die Schnecke ihr Haus«.[2] Der Vater, ein im Grunde unpolitischer Mensch, war durch seine Ehe zum Hitler-Gegner geworden: »Obwohl aufgefordert, sich scheiden zu lassen, um des Durchschnittslebens eines Durchschnittsbürgers teilhaftig zu werden, hielt mein Vater dickköpfig an Frau und Feindschaft fest.«[3] Trotz der schnell zunehmenden Bedrohung schloß sich der Vater immer enger an die jüdische Familie seiner Frau an. Kontakte zu nicht-jüdischen Nachbarn bröckelten wegen der »offiziellen Ächtung«[4] ab. Doch dieses »Familienleben schwand mit dem Beginn der Deportationen und vergrößerte das Vakuum subjektiven Lebens-

1 Günter Kunert: Im weiteren Fortgang. München 1974. S. 80.
2 Günter Kunert: Warum schreiben? München 1976. S. 191.
3 Günter Kunert: Die Schreie der Fledermäuse. Berlin 1981. S. 350.
4 Ebd. S. 350.

raumes. Obwohl im Heimatland fühlte man sich in der Fremde«.[5]
Der Sohn Günter Kunert wuchs isoliert und in einer Atmosphäre der Angst auf. Obwohl er sich nichts hatte zuschulden kommen lassen und sich keines Vergehens bewußt war, begegnete ihm die Gesellschaft feindlich. Sie gestattete ihm niemals, ein Gefühl der Zugehörigkeit zu entwickeln, sondern erklärte ihn zum Aussätzigen, dem nirgends Schutz gewährt werden durfte. Für ihn gab es nicht einmal eine Appellationsinstanz, bei der er um Gnade hätte nachsuchen können. Er wurde so als Kind und Jugendlicher gewaltsam in die jahrhundertealte, verhängnisvolle Außenseiterrolle der Juden gepreßt und in seiner psychischen Konstitution geprägt.
In welch auswegloser Situation sich Kunert damals befand, begreift man besser, wenn man sich vor Augen hält, daß seiner Familie auch der radikale Rückzug ins Privatleben verwehrt war. »Die vereinsamte Wohnung [. . .] besaß eher den Charakter einer Falle: zu Hause war man am verwundbarsten. Sobald das Telefon klingelte und ein verabredetes Stichwort eine neue Judenaktion ankündigte, verließ man sie vorsichtshalber [. . .], selber die Nacht bei Bekannten zu verbringen, unsicher ob man heimkehren könne, und doch des einen gewiß: daß man bei den Hilfsbereiten über einen längeren Zeitraum nicht verweilen konnte.«[6]
Natürlich wäre es eine unerlaubte Vereinfachung, wollte man behaupten, Kunert sei schon allein wegen dieser Erfahrungen zu einem politisch hellhörigen, buchstäblich geistesgegenwärtigen Schriftsteller geworden. Daß sie aber Spuren in seinem literarischen Werk hinterlassen haben, läßt sich kaum bezweifeln. Die Perspektive, aus der er seine Themen in den Blick nimmt, ist zwar immer persönlich, nie aber privat. Er versteht sein lyrisches Ich als eine »Legierung individueller und gesellschaftlicher Komponenten«.[7] Seine Texte sind prä-

5 Ebd. S. 350.
6 Ebd. S. 351.
7 Kunert: Warum schreiben? S. 278.

zis formulierte, subjektive Reflexe auf konkret Erlebtes, Erfahrenes und Erlittenes. Eines seiner ältesten Gedichte, »Für mehr als mich«, hat seinen programmatischen Charakter bis heute nicht verloren: »Ich bin ein Sucher / Eines Weges / Der breiter ist / Als ich. // Nicht zu schmal. / Kein Ein-Mann-Weg. / Aber auch keine / Staubige, tausendmal / überlaufene Bahn. // Ich bin ein Sucher / Eines Weges. / Sucher eines Weges / Für mehr / Als mich.«[8]

Nach dem als Befreiung erlebten Ende des Krieges fühlte er sich – wie viele Intellektuelle in seiner Situation – von marxistischen Ideen angezogen. Er war überzeugt, »die Werkstätten mörderischen deutschen Bewußtseins würden anfangen, Vernunft zu erzeugen, sobald sie sozialisiert seien«,[9] und trat 1949, im Gründungsjahr der DDR, in die SED ein. Ein bequemer, linientreuer Genosse ist Kunert allerdings nie gewesen: bereits 1950 verließ er den »Ersten Schriftstellerlehrgang des deutschen Schriftstellerverbandes«,[10] nachdem es zwischen ihm und einigen Parteidichtern zu massiven Kontroversen gekommen war. Konflikte wie diese sollten bald schon alltäglich werden: von oberlehrerhaften Bedenken gegen seine Bücher über polemische Attacken gegen seine Person bis hin zur kaum bemäntelten Zensur reichten die Maßnahmen, mit denen die offiziöse Literaturkritik und die Kulturbürokratie der DDR den unangepaßten, aber gleichwohl erfolgreichen Schriftsteller Kunert zu disziplinieren suchten.

In Johannes R. Becher und Bertolt Brecht hatte er zunächst noch einflußreiche Fürsprecher, die seine ersten, behutsam nach dem eigenen literarischen Weg tastenden Schritte begleiteten. Doch schon sein 1962 fertiggestellter Gedichtband *Der ungebetene Gast*[11] durfte lange Zeit nicht gedruckt werden. Die nachfolgenden Bücher konnten nur unter anwachsenden Schwierigkeiten in der DDR erscheinen. Wieder mußte sich

8 Günter Kunert: Erinnerung an einen Planeten. München 1980. S. 15.
9 Kunert: Die Schreie der Fledermäuse. S. 351.
10 Vgl.: Günter Kunert: Verspätete Monologe. München 1984. S. 24–27.
11 Vgl.: Kunert lesen. Hrsg. von Michael Krüger. München 1979. S. 102.

Kunert als Außenseiter, als heftig befehdeter Ruhestörer empfinden, dem ein angemessener Platz in der Gemeinschaft verweigert wurde. Wieder trat der Staat ihm – dem Einzelnen – unverhohlen feindlich entgegen. Wieder war er ein »Fremder in eigener Heimat«.
Kunert hat sich dieser erzwungenen Heimatlosigkeit schreibend nach Kräften widersetzt. Er protestierte gegen die Versuche der Gesellschaft, ihren Kritiker mundtot zu machen, indem sie ihn zum verfemten Einzelgänger erklärte. Zugleich aber machte er die Literatur zu seiner Heimat. Im Prozeß des Schreibens – so betont er – erbaut er in seiner Imagination zwar keine »heile« Traumwelt, wohl aber gelingt es ihm, sich mit sonst nie erreichter Intensität vor Augen zu stellen, was ihm vorenthalten wird. Er beschreibt, worunter er leidet, und rettet so für sich – und also auch für seine Leser – eine Ahnung vom Befinden jenseits der Leiden. Der Schriftsteller besitzt laut Kunert »das Talent, sich, seine Psyche, sein Bewußtsein, auch sein Unbewußtes, seine Persönlichkeit zu verwandeln: in einen knappen Text von wenigen Zeilen. Aus diesem Text kann er weder vertrieben noch ausgebürgert werden, er ist seine eigentliche Heimat«.[12]
Als Kunert im Oktober 1976 die Petition der DDR-Schriftsteller zugunsten Wolf Biermanns unterschrieb, gestaltete sich seine Situation noch schwieriger. Im Januar 1977 wurde ihm – wie kurz zuvor schon Jurek Becker, Sarah Kirsch und Gerhard Wolf, die ebenfalls zu den Unterzeichnern gehörten – seine SED-Mitgliedschaft aberkannt. Knapp drei Jahre später, in denen er öffentlichen Diffamierungen und geheimdienstlichen Nachstellungen ausgesetzt war, reiste er in die Bundesrepublik aus und ließ sich bei Itzehoe nieder, wo er bis heute lebt.

12 Günter Kunert: Vor der Sintflut. München 1985. S. 50.

2

Kunerts literarische Entwicklung ist eng mit seiner Biographie verknüpft. Man kann sein Werk, wie es Dieter E. Zimmer formulierte, als die »Geschichte einer zunehmenden Verfinsterung«[13] lesen, die von der Hoffnung auf eine menschenwürdigere Zukunft über allmählich sich ausbreitende Zweifel bis hin zu einer globalen Katastrophen-Erwartung, ja Katastrophen-Gewißheit führt. Seine frühesten Gedichte teilen den aufbruchstrunkenen Optimismus, der den damals noch jungen sozialistischen deutschen Staat beherrschte. Allerdings machen sich auch schon in den frühesten Arbeiten skeptische Untertöne bemerkbar. Sie schrecken zurück vor steilem Pathos und allzu naiven Erwartungen: so schickt Kunert seinem Gedicht »Über einige Davongekommene« (S. 3), das mit der in der Nachkriegszeit üblichen »Nie wieder«-Deklamation endet, den sarkastischen Nachsatz »Jedenfalls nicht gleich« hinterher. Oder er schreibt, statt über das Gelingen, lediglich über den »Traum von der Erneuerung« (S. 4) und setzt jede der sieben Strophen in den Konjunktiv: »Eines Tages müßte die Menschheit, / Ihr Krankenbett verlassend, / Geheilt umhergehen.«

Wenige Jahre später finden sich in dieser Lyrik kaum noch Ausblicke ins vermeintlich näherrückende Arkadien. An ihrer Stelle mehren sich Warnungen vor einem möglichen Inferno. Warnungen, die heute geläufig erscheinen, seinerzeit aber Befremden, wenn nicht Bestürzung hervorriefen: das Thema des Gedichtes »Laika« (S. 11) beispielsweise klingt für den Leser in der Mitte der achtziger Jahre nur zu vertraut – es entstand aber ein Vierteljahrhundert zuvor.

Hatte sich Kunert am Anfang seiner literarischen Karriere dem Glauben hingegeben, genau zu wissen, in welche Richtung und zu welchem Ergebnis die Weltgeschichte sich entwickelt, heißt es zu Beginn der sechziger Jahre: »Wir streben dem Ziel zu, / Uns wandelnd und wandelnd das Ziel, / Ewig unerreichbar und darum / Ewiger Ansporn, es zu errei-

13 Kunert: Die Schreie der Fledermäuse. S. 378.

chen.«[14] Es klingen immer häufiger Motive an, die ihre Nähe zum französischen Existentialismus – der zur gleichen Zeit auch in der Bundesrepublik große Popularität genoß – nur schwer verleugnen können. Für dogmatische Literaturkritiker in der DDR Grund genug, Kunert bald schon ideologische Unzuverlässigkeit vorzuwerfen, ihn als »existentialistischen Abweichler« zu denunzieren.

Die Poetologie der Mahn- und Warn-Gedichte wurde Kunert allerdings in den folgenden Jahren immer fragwürdiger: »Auf unzeitgemäß verfertigtem Papier / schreibe ich / eine kleine fossile Wahrheit / in der Schrift / welche vor den täglichen Weltuntergängen / verständlich war.« (S. 20) Die Aufforderung, unermüdlich einem »ewig unerreichbaren« historischen Ziel zuzustreben, nimmt in Kunerts Gedichten nach und nach eine immer düstere Färbung an. Der Preis, den der Einzelne für ein solch ehrenwertes, aber vergebliches Unterfangen zu entrichten hat, rückt in den Mittelpunkt seiner Aufmerksamkeit. Hatte er unter dem Titel »Ikarus 64« zwar schon bekannt: »Fliegen ist schwer«, so richtete er damals an seine Leser trotzdem noch die Aufforderung: »Dennoch breite die Arme aus und nimm / einen Anlauf für das Unmögliche. / Nimm einen langen Anlauf damit du / hinfliegst / zu deinem Himmel / daran alle Sterne verlöschen. / [. . .] / Denn Tag wird. / Ein Horizont zeigt sich immer. / Nimm einen Anlauf.«[15] Mitte der siebziger Jahre dagegen beschreibt er als die »ikarischen Züge« der Vögel nicht mehr deren Aufstreben zum Himmel, sondern nur noch deren Verletzungen nach dem Absturz, ihr »zerfetztes Gefieder«, ihre »gebrochenen Schwingen«: »ein blutiges und panisches / Geflatter / nach Maßgabe der Ornithologen / unterwegs nach Utopia / wo keiner lebend hingelangt / wo nur Sehnsucht / überwintert« (S. 36). Der ehemals so siegessicher imaginierte Gang der Geschichte wird zum sinnlos mörderischen Wettlauf (»Das Fortschreiten von etwas Unaufhaltbarem / wird zum unaufhaltbaren Fortschritt«, S. 33), der das Individuum zum Stati-

14 Kunert: Erinnerung an einen Planeten. S. 34.
15 Günter Kunert: Unruhiger Schlaf. München 1979. S. 103 f.

sten im Welttheater (»Theatrum mundi«, S. 39 f.) degradiert: »Nur du und ich / beschmutzt von Furcht und Mitleid / aller Dramen / erfahren nichts als daß / wir Komparsen sind / jenseits der Worte / die uns keiner gab.«

Schließlich nimmt Kunert gegen Ende der siebziger, Anfang der achtziger Jahre – ungefähr zeitgleich mit seiner Übersiedlung in den Westen – »endgültig Abschied von der Utopie, vom Prinzip Hoffnung«.[16] Beides bleibt zwar in seiner Lyrik weiterhin präsent, aber erkennbar nur ex negativo, als das Verlorene, Aufgegebene, dem die »Absage« (S. 50) gilt: »Als Sehnsuchtsziel gewitzt erdacht, / als Ort der wahren Menschlichkeit. / Doch greift sie aus in Raum und Zeit, / verliert sie ihre fade Pracht, // wird ein realer Wüstenstrich, / ein Jammertal wie längst bekannt: / Ein Stirb- und Werdniewiederland. / Behalte deine Welt für dich.«

Freilich vollzieht sich dieser Abschied keineswegs schmerzlos, sondern hinterläßt eine nie vernarbende Wunde. Kunert versinkt nicht in gemütvoller Altersresignation: Er macht noch in der Schilderung der Niederlage etwas vom Zorn des Aufbruchs, von der Rebellion gegen das Unvermeidliche spürbar. Sein lyrischer Nekrolog auf die Hoffnungen von einst lautet: »Wer lange in einer Legende gelebt / die mit der Zeit doch zerfällt, / dem bleibt, wonach er niemals gestrebt: / Nur Asche von seiner Welt.« (S. 47)

Trotz allem betrachtet er seinen Werdegang nicht allein als eine fortschreitende Desillusionierung, sondern auch als Reifungsprozeß, als das Zeugnis einer persönlichen Emanzipation: »Die Gedichte markieren Stationen, Wegstrecken, die immer weiter von der Ausgangsposition fort und immer näher zum eigenen Selbst führten. Das scheint mir ein ganz normaler Gang zu sein: von der Fremdbestimmung zur Selbstbestimmung. Und diese Entwicklung ist beispielhaft nur insofern, als sie vorführt, daß man sich dem Muster entziehen kann, in welchem man als dekorativer Schnörkel vorgesehen war.«[17] In der Tat macht seine Sprache im Laufe der

16 Kunert: Vor der Sintflut. S. 49.
17 Ebd. S. 51.

mittlerweile vier Jahrzehnte währenden poetischen Produktion einen verblüffenden Wandel durch. Einen Wandel, den man als mühevoll erstrittenen Durchbruch zur Unabhängigkeit, zu weitreichender literarischer Autonomie betrachten kann. Kunert überbrückt die schier unüberbrückbare Distanz zwischen zwei in sich geschlossenen, ja teilweise konträren lyrischen Welten: er bewältigt – kurz gesagt – den Weg von Brecht zu Benn, von einer diskursiv und didaktisch argumentierenden, pointiert formulierenden Gedankenlyrik zu einer das ureigenste, aber gleichwohl überindividuelle Lebensgefühl beschwörenden Dichtung, die durch Bilder, Stimmungen und Klänge Unsagbares zu sagen versucht. Ein Weg, auf dem er sich nicht nur von ideologischer Bevormundung, sondern auch von dem gebieterischen Vorbild Bertolt Brechts befreite, dem Ziehvater und Zuchtmeister seiner jungen Jahre.

Stellt man eines der frühen Gedichte, wie »Einige bleiben« (S. 3), neben »Denkmal« (S. 29 f.), das gegen Ende der sechziger Jahre entstand, und neben »Tiefseemuschel« (S. 48) aus der Mitte der achtziger Jahre, so fallen die tiefgreifenden Differenzen zwischen den jeweiligen poetischen Sprechweisen sofort ins Auge. »Einige bleiben« gibt seinen parabolischen, gleichnishaften Charakter unschwer zu erkennen: Der Autor hat – zumindest in den ersten drei Strophen – eine Erkenntnis, einen Gedankengang versinnbildlicht, und dem Leser fällt die Aufgabe zu, diese literarische Einkleidung zu entschlüsseln, hinter dem metaphorisch Formulierten das ursprünglich Gemeinte aufzudecken. Kunert versucht also, mit seinen Versen etwas zu erklären, er versucht Zusammenhänge verständlich zu machen, die er offenbar genau kennt. Er nimmt die Haltung eines Wissenden ein, spricht zudem seine Leser gelegentlich mit einem auffordernden, Anweisungen erteilenden »Du« oder »Ihr« unmittelbar an, wodurch er sie noch deutlicher in die Rolle der Schüler verweist. Mit anderen Worten: Er macht seine Lyrik zum Vehikel der Aufklärung.

»Denkmal« weist zwar noch schwach gleichnishafte Züge

auf, doch wird nun in der letzten Strophe sorgfältig offengelegt, was immer verschlüsselt geblieben sein sollte. Der Autor benutzt die gewählten Bilder jetzt allein als Beispiel, seine Überlegungen anschaulich zu machen. Vor allem aber bezieht Kunert in den entscheidenden Versen, in denen von dem »Menschen« und den »Geschlechtern« die Rede ist, sich selbst in die Reflexionen des Gedichtes mit ein. Er hat die Haltung des Lehrenden weitgehend aufgegeben und beschreibt einen Vorgang, dem er ebenso wie der Leser ausgeliefert ist.

»Tiefseemuschel« schließlich ist in einem unüberhörbar kontemplativen Tonfall geschrieben. Zwar erscheint auch hier die Anrede »du«, doch wird nicht mehr an den Leser appelliert. Kunert nimmt vielmehr mit diesem »du« ein Selbstgespräch auf, er lauscht gleichsam in sich hinein, um sich seiner selbst – und seiner veränderten Weltsicht – zu vergewissern. Anders als in dem Gedicht »Einige bleiben«, das Antworten gab auf Fragen, die überhaupt nicht gestellt wurden, tauchen jetzt Fragen auf, die nicht nur ohne Antwort bleiben, sondern schlicht unbeantwortbar sind. In seiner Hilflosigkeit, seinen Ahnungen und Ängsten angesichts dieser Geheimnisse unterscheidet der Autor sich keineswegs von seinem Leser. Im Gegenteil: er macht sich selbst zur exemplarischen Figur, in der man sich wiedererkennen darf und soll: »ich bin, aber das bloß, insoweit das Spezifikum unspezifisch erscheint: Günter Kunert als Günter Jedermann«.[18] Zudem wird der Text von einer passiven Grundhaltung beherrscht: während der Leser in den frühen Gedichten zum Handeln, zur Veränderung der Welt oder seiner selbst aufgerufen wurde, beschränkt sich Kunert nunmehr darauf, zu »mustern« und zu »hören«. Kurz: das lyrische Ich ist vom Subjekt zum Objekt geworden, es betreibt nichts mehr, sondern wird getrieben.

Solche Gedichte sind eine Einladung zur Meditation. Darin liegt ihre Aufgabe, die zugleich ihre unersetzbare Stärke ausmacht. Um es mit einem Wort Paul Celans[19] zu sagen: »La

18 Kunert: Die Schreie der Fledermäuse. S. 374.

19 Paul Celan: Gesammelte Werke. Bd. 3. Frankfurt a. M. 1986. S. 181.

poésie ne s'impose plus, elle s'expose.« (»Die Dichtung setzt sich nicht mehr durch, sie setzt sich aus«) – und daß mittlerweile Gemeinsamkeiten zwischen Celan und Kunert zu entdecken sind, belegt noch einmal, welche immensen Veränderungen sich in dessen Lyrik seit ihren Anfängen vollzogen hatte. In unserer technokratischen, von anonymen Wirtschafts- und Verwaltungsapparaten geprägten Gegenwart wird das Gedicht, wie Kunert es nun versteht, zum mikroskopisch kleinen, aber doch allumfassenden Gegenentwurf einer anderen, humaneren Welt. »Seine Sache ist die Verstörung [. . .] wenn [es das] Einverständnis mit der Welt erschüttert, dann hat es eine Leistung vollbracht, die für ein derart winziges Gebilde aus wenigen Zeilen gigantisch ist.«[20]

In einer Zeit, in der jeder und alles der instrumentellen Vernunft unterworfen ist und allein nach der Funktionalität der Dinge wie der Personen gefragt wird, definiert Kunert die Lyrik als eines der letzten Reservate unangetasteter Individualität. Das »Bewußtsein«[21] seiner Gedichte entzieht sich jetzt konsequent dem Nützlichkeitsdenken: er versucht den Leser nicht mehr zu überzeugen, sondern zum Zeugen unserer Lebenssituation zu machen. Es geht ihm darum, den Menschen als Ganzes, als in sich widerspruchsvolle Einheit in den Blick zu bringen, samt seiner selbstproduzierten und dennoch zutiefst selbstverletzenden Beziehungen zur Gesellschaft. Kunerts Lyrik bietet den Zeitgenossen die Gelegenheit zu etwas selten Gewordenem: zur Selbstbegegnung. »Es ereignet sich [. . .] solchermaßen im Gedicht auch Heimkehr nach langem Umherirren [. . .]. Im Ich des Gedichts erscheint [. . .] das unverkrüppelte, vollkommene, wenn auch ewig unvollkommene Individuum – ein Windhauch aus Utopia. Sich als Individuum zu erfüllen, so weit wie möglich der eigenen Deformationen einsichtig werden und sie zu korrigieren suchen: ein faktisches wie phantastisches Ziel, eines wenigstens, das die Lyrik dem zielbangen Leser zeigen und mit dem er sich identifizieren kann.«[22]

20 Kunert: Vor der Sintflut. S. 52.
21 Vgl.: Kunert: Warum schreiben? S. 261–267.
22 Ebd. S. 293.

Diese Poesie wird folglich nicht zu einem Fluchtort außerhalb der Realität, in einer weltabgewandten, lebensfremden Traumsphäre. Vielmehr läßt sie, gerade weil sie sich zweckorientiertem Denken entzieht, jene Verluste erkennen, die unsere industrielle Zivilisation dem Einzelnen zufügt. Das Gedicht übernimmt für ihn – wie Theodor W. Adorno, an dessen ästhetische und kulturkritische Theorien sich Kunert seit dem Ende der siebziger Jahre anlehnt, es formuliert hat – die Rolle einer »geschichtsphilosophischen Sonnenuhr«,[23] die durch ihren Schattenwurf anzeigt, welche Stunde uns geschlagen hat: und es ist, daran läßt Kunert längst keinen Zweifel mehr, schon fünf Minuten nach zwölf. »Denn unsere Abhängigkeit von den Systemen hindert uns, die Systeme aufzugeben. Obwohl wir wissen, was sie uns zufügen, wie sie uns zurichten und abtöten, sind wir ihnen dennoch verfallen. Wir versinken auf Nimmerwiedersehen in der Abhängigkeit von Regelmechanismen, die wir selber geschaffen haben.«[24] Eine allgemeine Emanzipation, wie er sie persönlich durchlebte, hält er nicht mehr für möglich. Mag sein, daß sich hier ein haarfeiner Riß durch Günter Kunerts sonst konzise Argumentation zieht.

3

Inmitten dieser umfassenden Wandlungen des Lyrikers Günter Kunert steht quer durch die Jahrzehnte unberührt ein Motiv von schillernder, verstörender Macht. Es erscheint mit solcher Kraft und Ausstrahlung, daß man von einer Besessenheit sprechen muß: Kunert spielt es durch in ungezählten Nuancen, lädt es mit den unterschiedlichsten Bedeutungen auf, entfernt sich von ihm, indem er es schwach und immer schwächer anklingen läßt, um dann doch stets wieder zu ihm zurückzukehren. Vermutlich ist dieses Motiv aufs engste mit Kunerts poetischer Produktivkraft verbunden, vielleicht treibt es sie an, wie eine Unruh die Uhr.

23 Theodor W. Adorno: Notizen zur Literatur I. Frankfurt a. M. 1958. S. 92.
24 Kunert: Vor der Sintflut. S. 26.

Die unaufhaltsame Versteinerung des Lebens und, darauf folgend, die Verlebendigung der Steine – diese Topoi sind zum unverkennbaren Merkmal Kunertscher Lyrik und Prosa geworden. Bereits in den drei hier eingehender untersuchten Gedichten kann man jene eigentümliche Verknüpfung nachweisen: da gibt es »Stubenecken« und »dunkle Winkel«, die sich »erinnern«; ein Mensch verwandelt sich in ein »Denkmal« mit einem »Kopf aus Marmor und einem Herz aus Kalkstein«; und die »Tiefseemuschel« wird als »Hülle« des Lebens angesprochen. Liest man Kunerts Texte – gleich welcher Entstehungszeit – in Hinblick auf dieses Motiv, erkennt man, welche atemberaubende Phantasie dieser Autor im Wenden und Wandeln, Variieren und Transponieren des immer gleichen Grundschemas entwickelt.

In seinem »Versuch über meine Prosa«[25] hat er eine Erklärung für diese sonderbare thematische Vorliebe angeboten: »Unsere sogenannten ›zwischenmenschlichen‹ Beziehungen sind seit dem ersten Drittel unseres Jahrhunderts durch zwei Aspekte bestimmt: Anonymität und Verdinglichung [. . .]. Dieser Anonymität und Verdinglichung adäquat ist die sprunghaft gewachsene Bedeutung der Dinge, der Gegenstände selber, die nun zu einem Teil an die Stelle einstmals menschlicher Beziehungen getreten sind, [. . .] die Dinge, gleich welcher Größenordnung, [sind] nichts anderes [. . .] als geronnene soziale und gesellschaftliche Beziehungen, was besagt, daß sie, die Gegenstände, befragt man sie nur ernsthaft genug, über diese Beziehungen Auskunft geben [. . .]. Der Gegenstand [. . .] verwandelt sich, nimmt anthropomorphe Züge an [. . .]. Indes die Menschen zu Dingen [. . .] werden, aber trotzdem menschliche Aktivität behalten und ausüben«.

Gewiß: diese Eigen-Interpretation – hinter der die Grundgedanken der marxistischen Entfremdungstheorie leicht auszumachen sind – läßt die meisten Kurzgeschichten Kunerts und manche seiner Gedichte transparenter erscheinen: wenn

25 Kunert: Warum schreiben? S. 227–239.

es etwa in einem der frühen »Berliner Lieder« heißt, »Unsre Städte hier sind unser Manifest. / Lest die Zeilen und die Sätze unsrer Straßen«.[26] Oder – um ein spätes Beispiel zu nennen – wenn »Kohlenplatzarbeiter« sich dem von ihnen geschürften Erz lyrisch anverwandeln: »Irgendwann hat das Karbon / sie überwältigt und gibt / sie nie mehr frei.«[27]
Kunerts Selbst-Deutung sind aber auch Grenzen gesteckt: man täte ihr Gewalt an, wollte man sie auf jene zahlreichen Gedichte anwenden, in denen von Versteinerungen die Rede ist, die auf natürlichem Wege entstanden sind. Denn Entfremdung, wie sie von Marx definiert wurde, entsteht durch menschliche Arbeit unter kapitalistischen Produktionsbedingungen, die denen der Natur diametral entgegengesetzt sind. So läßt sich Kunerts »Spiegelblick«[28], der »Auf dem Schädeldach: Erosion: / Kahler Fels: porös« entdeckt, als Metapher der Verdinglichung des Menschen lesen. Die folgende, abschließende Strophe aber kaum noch: »Fossilien, ehe sie das Museum verschlingt, / waren einst lebenslüsterne Tiere, / jung als ihre Welt jung gewesen / oder es ihnen so schien.«
Zudem gilt die Entfremdung allgemein als zerstörerische Kraft, bei Marx ist sie die wesentliche Ursache für alle wichtigen menschlichen und gesellschaftlichen Leiden der Neuzeit. Kunert dagegen benutzt das Bild der Versteinerung gelegentlich in unmißverständlich positivem Zusammenhang: »Selber Fels sein. / Stillstehen mit der gewesenen Zeit: / [. . .] / Platz nehmen im *Parco di Monstri* / unter schweigenden Ungeheuern / aus behauenem Gestein. / Einer der ihren werden / halb in der feuchten Erde geborgen / [. . .] / Dableiben. Hierbleiben. / Kristallinisch / solcher Landschaft sich innig verbinden: / wenigstens vorübergehend / unsterblich sein.«[29]
Kunerts Lieblingsmotiv entfaltet so eine beunruhigende Ambivalenz. Das Versteinern des Menschen erscheint als

26 Kunert: Erinnerung an einen Planeten. S. 27.
27 Günter Kunert: Warnung vor Spiegeln. Unterwegs nach Utopia. Abtötungsverfahren. München 1982. S. 254.
28 Kunert: Im weiteren Fortgang. S. 89.
29 Ebd. S. 76 f.

anziehender oder auch abstoßender, immer aber als faszinierender Vorgang, der dem Autor keine Ruhe läßt. Die positiven Variationen auf dieses stets gleiche Thema wurden von Literaturwissenschaftlern[30] mit einem anderen typischen Kunert-Sujet in Verbindung gebracht: vor allem in seiner Prosa, aber auch in der Lyrik beschäftigt er sich wiederholt mit verschiedenen Formen erstarrter Erinnerung – mit alten Fotos, fixierten Tagträumen oder phantasierten Tableaus.[31] Diese Bilder geben sich – wie die Versteinerungen – als verfestigte Zeugnisse des vergangenen Lebens zu erkennen: eines zumeist angenehmen Lebens, zu dem sich der Autor zurücksehnt, das er aber zugleich auch als symbolischen Entwurf einer menschlicheren Zukunft empfindet. Mithin kann man diese Ideal-Vorstellungen – im Sinne von Blochs Philosophie der Hoffnung – als Vor-Schein der besseren Welt in der Literatur betrachten.

Diese Interpretation entschärft Kunerts Obsession allerdings, denn sie gilt unbestreitbar den Stein-Menschen und nicht jeder beliebigen Art der Erstarrung. So ist es bezeichnenderweise nicht irgendein metallischer Roboter oder der aus Leichenteilen zusammengesetzte Frankenstein, der Kunert als Kind »bis zu tiefen Verängstigungen bewegt hat«, sondern Gustav Meyrinks »mystisch nacherzählte Legende vom Golem«,[32] einem aus Lehm geformten Monstrum. Er schreibt über die »Medusa« (S. 34), deren Anblick ihr Gegenüber zu Stein werden läßt, und über »Pygmalion 1978«[33], der – im Gegensatz zu seinem klassischen Vorbild – ein lebendes

30 Vgl.: Luigi Forte: Topologie der Geschichte und andere Orte. In: Kunert lesen. S. 11–32. – Bernhard Greiner: Texte des Erstarrens, Bilder des Buchstabierens. In: Literatur und bildende Kunst. Jahrbuch zur Literatur der DDR. Hrsg. von Paul Gerhard Klussmann und Heinrich Mohr. Bonn 1985. S. 23–68. – Walter Schönau: Günter Kunerts »Tagträume«. In: Freiburger literaturpsychologische Gespräche. Hrsg. von J. Cremerius [u. a.]. Bd. 1. Frankfurt a. M. 1981.

31 Vgl. hierzu vor allem: Günter Kunert: Fahrt in der S-Bahn. In: G. K.: Die Beerdigung findet in aller Stille statt. Erzählungen. München 1984. S. 64–67.

32 Günter Kunert: Mein Lesebuch. Frankfurt a. M. 1983. S. 9.

33 Günter Kunert: Camera obscura. Frankfurt a. M. 1980. S. 41 f.

Modell in eine Marmorstatue verwandelt, über die Salzsäulen von Sodom (S. 47) und die mit Gips ausgegossenen Hohlformen von Pompeji,[34] über Menschen, die zu ihrem eigenen Denkmal gefrieren, und über den Wunsch, sich den Steinfiguren von Bomarzo anzugleichen, über Fossilien und Kalk-Skelette, über Knüppeldämme aus Knochen[35] und den Schatten, den ein verglühter Bewohner Hiroshimas auf einer Betonwand hinterließ (S. 11 f.).

Vor allem die letzten Zitate lassen ahnen, was sich hinter Kunerts markanter Leidenschaft verbirgt: der Tod. Die Steine werden zur Metapher für die Endstation des Lebens, für den endgültigen Stillstand. Nicht die Gebeine, sondern nurmehr die Sedimente bewahren die letzten Zeugnisse unserer Existenz. So verstanden ist die Versteinerung des Menschen tatsächlich mit schicksalhafter Gewißheit vorgezeichnet – und alles Grauen und innere Zerrissensein, das angesichts dieses unentrinnbaren Weges aus den Gedichten spricht, erscheint nur zu verständlich. Zugleich birgt der Tod aber auch die zeitlose Ruhe der Steine. Mit dem Sterben endet nicht nur jede Aktivität, sondern auch jeder Mangel, der die Aktivität erst hervortrieb. Es ist auch eine Ankunft nach lebenslangem Suchen. »Dableiben. Hierbleiben« heißt es in dem dunkel lockenden Poem »Verlangen nach Bomarzo«. Erst als Versteinerung ist das Leben unwiderruflich bei sich angekommen, ist es mit sich eins geworden.

Rasende Todesangst und inbrünstige Todessehnsucht sind in Kunerts Lyrik zwei Seiten der gleichen Medaille, zwischen diesen Polen oszillieren seine Gedichte. Der Tod lastet als Alpdruck auf jedem Wort, er gibt sich aber auch als letztes Ziel zu erkennen, auf das alles zuläuft. Er wird zur Utopie mit negativem Vorzeichen, zur schwarzgefärbten Wunschwelt, denn auch er bietet – definitive – Einkehr, und also das, was Günter Kunert niemals hatte: eine, wenn auch steinerne, Heimat.

Uwe Wittstock

34 Kunert: Unruhiger Schlaf. S. 195 f.

35 Kunert: Warnung vor Spiegeln. Unterwegs nach Utopia. Abtötungsverfahren. S. 127.

Inhalt